SCHIKKEN OF STIKKEN

Lees ook de andere chicklit-uitgaven van
Uitgeverij Zomer & Keuning

RIANNE VERWOERT
Liever niet verliefd
Trouw(en)
Match?!

IRIS BOTER
Reünie in Rome

MARIËLLE BOVENKAMP
Holiday blues
Dubbel verliefd

MARIJKE VAN DEN ELSEN
Leuk voor één nacht
Gek van jou

PETRA KRUIJT
Gemma & partners

MIA LAND
Rondje!
Tot ziens!
Ik wil!

MARIËTTE MIDDELBEEK
Dior & dennenbomen
Lovalicious
Hex!

ELS RUITERS
Liefde in de steigers
Balletschoenen en boxershorts
Ik snap you not!

Rianne Verwoert

Schikken of stikken

Zomer &Keuning

ISBN 978 90 5977 510 7
NUR 301

Omslagontwerp: Julie Bergen
Omslagfoto: James Walker/Arcangel Images, [Imagestore]
Auteursfoto: © Eveline van Elk
© 2010 Uitgeverij Zomer & Keuning, Kampen

www.nederlandsechicklit.nl
www.rianneverwoert.nl

Namen en situaties in deze roman zijn gefingeerd en eventuele gelijkenissen of overeenkomsten met de werkelijkheid en bestaande personen berusten op louter toeval.

1

Ik wrijf in mijn ogen omdat ze nog niet echt open zijn en ik moeite heb om te zien wat de docent organisatiekunde op het bord schrijft. Dat hij een poging doet om het verschil uit te leggen tussen een lijn- en stafafdeling ontgaat me eigenlijk min of meer. Ook niet zo gek op een maandagmorgen om kwart voor negen. Veel te vroeg om al op school te zijn, na een weekend stappen met mijn vriendinnen en natuurlijk veel te laat naar bed. Hoe kan het ook anders, het is altijd zo gezellig!

De docent is een vrij grote man van middelbare leeftijd. Hij draagt een zwart pak met daaronder een lichtblauw overhemd, heeft een vierkante bril op zijn hoofd en houdt van geintjes, al vinden wij hem nauwelijks grappig.

Mijn beste vriendin en klasgenoot Eva stoot me met haar elleboog aan en ik kijk geschrokken op. Ik was helemaal verzonken in gedachten en in het tekeningetje dat ik in mijn collegeblok aan het maken was.

'Mandy, ik moet je straks iets vertellen,' zegt ze en haalt een hand door haar lange bruine haren.

'Wat dan?' vraag ik nieuwsgierig. Ik bekijk haar onderzoekend. Heeft ze blosjes op haar wangen? Of ziet ze er zo anders dan anders uit omdat ze haar nieuwe blauwe vestje aanheeft?

Dan zie ik vanuit mijn ooghoeken de leraar naar ons kijken. Hij zegt niets over ons geklets, maar begint stencils uit te delen.

'Nu kun je van alles doen met zo'n papier,' zegt hij en blijft precies voor ons stilstaan. Wij kijken hem wazig aan.

Hij pakt het stencil op en begint er een hoedje van te maken. Als hij het hoedje gevouwen heeft, zet hij het op zijn hoofd. Sommigen beginnen te lachen, anderen daarentegen kijken elkaar vreemd aan. Zelf heeft hij de grootste schik en buldert van het lachen.

'Dit is nog niet alles. Je kunt er ook een bakje van maken,' zegt hij en Eva en ik kijken elkaar aan alsof die vent gestoord is. IJverig begint hij te vouwen. 'Pas op dat je dit randje niet scheurt, want dan zit er een gat in het bakje.'

'Volgens mij zit er een gat in zijn hoofd,' fluister ik.

'Is dit een tentamenvraag?' vraagt Eva en ik kom niet meer bij van het lachen.

De beste man begint nog harder te gieren. 'Dat zou dan de eerste keer zijn, maar voor alles moet een eerste keer zijn natuurlijk.' Gelukkig, hij loopt weer terug naar het whiteboard. Ik vraag me af wat ik in deze les doe, ik had nog in bed kunnen liggen. 'Voor deze onzin sta ik de volgende keer echt niet meer op,' fluister ik naar Eva en zij knikt instemmend. Ik vraag me überhaupt af of er de volgende les nog iemand komt opdagen.

Het uur zit erop en wij lopen de klas uit. Tijd voor pauze.

'Koffie,' roep ik, altijd in voor een heerlijk bakkie, vooral op de vroege morgen. Zo'n cafeïneshot maakt me een beetje wakker.

'Wat wil je me vertellen?' vraag ik aan Eva als we in de kantine, met een kopje warme koffie in onze handen, aan een tafel zitten.

'Stijn...' zegt ze en valt stil. Ik ben in één klap klaarwakker. Ik ga rechtop zitten en kan er nog net voor zorgen dat de koffie niet over de rand van het bekertje klotst. Stijn, de ex van Eva, waar ze tot over haar oren verliefd op was. De Stijn met die mooie bos blonde krullen en zijn diepblauwe ogen, maar die haar wél bedroog, en niet één keer, nee, keer op keer. Eva was zo verliefd, dat ze het hem steeds vergaf. Hoe hard Sanne, Iris en ik ook riepen dat ze ermee moest stoppen, dat hij haar niet gelukkig ging maken, hoe harder Eva Stijn verdedigde. Na hun twee jaar durende relatie heeft Eva drie maanden geleden de relatie met pijn in haar hart beëindigd. Ze trof Stijn die dag samen met een andere vrouw vrijend in het park aan. En hè hè, eindelijk was ook voor haar de maat vol.

'Stijn wat?'

'Hij stond gisteren ineens op de stoep. Mijn ouders waren op visite bij mijn opa en oma en mijn broertje was voetballen. In mijn huiskloffie liep ik naar de deur toen de bel ging, deed open en daar stond Stijn. Ik schaamde me kapot. Je had me moeten zien met dat veel te wijde T-shirt met vlekken erin, die uitgelubberde trainingsbroek en van die afgrijselijke hondensloffen eronder.'

'Jij, je schamen tegenover Stijn? Ik geloof dat hij zich moet generen dat hij überhaupt nog de moed heeft om zich te vertonen bij jou. Je hebt toch zeker wel de deur weer dichtgegooid, hè?'

Eva kijkt me geschrokken aan.

'Wat is er? Heb je hem binnengelaten?'

'Ja, hij stond daar zo zielig en hij keek heel lief. Ik kon hem niet buiten laten staan.'

'O, meisje toch, en eenmaal binnen begon hij natuurlijk weer met al zijn smeekbedes, excuses en andere onzinpraatjes?'

'Ik weet het niet.' Eventjes is het stil. Eva kijkt me aan en vervolgt dan haar zin: 'Dit keer leek het zo gemeend. Hij vertelde dat hij al drie maanden lang piekert over wat hij fout gedaan heeft. Elke nacht voor het slapen gaan denkt hij aan mij. Hij mist mijn vrolijke lach en mijn gekke spontane acties, zegt hij. Hij staart uren naar de telefoon in de hoop dat ik bel. Hij kijkt niet meer naar andere vrouwen om. Hij wil mij, alleen mij, en daar is hij helemaal zeker van.'

'Geloof je die onzin zelf?' vraag ik verbaasd. Ik dacht dat Eva haar oogkleppen eindelijk had afgedaan, maar dat heb ik goed mis.

'Hij vertelde het zo mooi en hij was zo lief voor me.'

Ik schiet overeind en met de koffie in mijn handen sta ik voor Eva. 'Lief! Nu wordt het helemaal mooi, je gaat me toch niet vertellen dat hij het lef had om jou aan te raken of, erger nog, om je te zoenen?'

Eva maakt zich kleiner. Met haar gezicht naar de vloer zegt ze heel zacht: 'Hij heeft me gezoend en het voelde zo goed. Zo vertrouwd. Mijn hoofd op zijn schouders, zijn armen om me heen. Ik werd opgewonden van het ritme van zijn hartslag, snap dat dan!'

'Lieverd, geloof me, dit gaat niet goed aflopen. Je weet toch hoe Stijn is? Je kent zijn mooie praatjes, maar je weet inmiddels ook hoe hij daarna gewoon weer op dezelfde manier verder gaat. Dat patroon van hem valt niet te doorbreken. Al sla je hem met een hamer op zijn kop zodat hij sterretjes ziet, zelfs dan zal hij niet stoppen.'

'Denk je dat? Zou hij het dit keer niet menen? We zijn al drie maanden uit elkaar. Ik denk dat hij me écht mist.'

'Ik kan je natuurlijk niet tegenhouden en als jij denkt dat hij niet liegt, dan moet je voor hem gaan. Kom alleen niet bij me zeuren als hij je weer ongelukkig maakt. Ik was net zo blij dat ik 'de' Eva weer terug had.'

'Ik blijf ook 'de' Eva. Dit keer laat ik me niet meer onge-lukkig maken. Ik weet echt wel hoe ik met Stijn moet omgaan nu. Hij kiest voor mij of voor een ander, maar kiest hij voor mij, dan blijft hij trouw. Vreemdgaan bete-kent ballen eraf.'

'Geloof je het zelf?' vraag ik. 'Hij blijft punt a niet trouw en punt b jij hakt zijn ballen er helemaal niet af. Daar ben je veel te lief voor en je hoopt dat hij toch weer bij je terug-komt na zijn slippertjes.'

'Hij blijft mij echt wel trouw. Ik merk het aan alles wat hij me gisteren zei. Ik zag het in zijn diepblauwe ogen. Hij klonk ook veel serieuzer dan voorheen. Hij meent het, zeker weten.'

'Dus jij beweert nu dat Stijn opeens monogaam gewor-den is? *In your dreams*!'

'Ik weet het niet. Misschien heb je ook wel gelijk en moet ik hem helemaal niet meer binnenlaten, maar ik houd van hem. Ik wil hem graag een kans geven. We heb-ben ook mooie tijden gehad, weet je nog?'

'Ja, dat is het probleem. Je blijft je vastklampen aan de mooie herinneringen en je probeert de nare ervaringen weg te duwen. Ver weg, zodat je ze niet meer ziet. Dat moet je niet doen. Weeg de mooie momenten af tegen de klote momenten en je zult zien dat hij je niet veel geluk heeft gebracht. Je moet ophouden met het liefhebben van Stijn. Hij is het niet waard. Hij bedriegt je waar je bij staat. Nou vooruit, dat nog net niet. Maar wel zo ongeveer. Ben je het alweer vergeten? Die keer dat meneer over zijn vrouwelijke collega van de snackbar heen ging.'

Eva zucht diep. 'Nee, dat ben ik niet vergeten, al heb ik het wel min of meer verdrongen. Ver weggestopt in een achterkamertje van mijn hoofd.'

'Zet het maar op papier. Echt. Dan zul je zien wat er allemaal gebeurd is. Laat het los, lieve Eef. Je kunt alleen gelukkig worden als je op zoek gaan naar nieuw geluk en dat gaat niet vanzelf. Je hoeft hem niet te vergeten, geef hem een plaats in je hart en laat hem daar blijven. Het is afgesloten en voorbij. Hij is niet de ideale man voor jou, jij verdient vele malen beter. *Forget him!*'

'Misschien is die zoen geen slimme zet geweest,' zegt Eva uiteindelijk. Ze kijkt me bedroefd aan. 'Je hebt gelijk. Zo kom ik nooit van hem af en raak ik keer op keer teleurgesteld. Ik ga hem vanavond laten weten dat ik geen contact meer wil, dat die zoen een vergissing was.'

'Echt?' vraag ik omdat ik Eva langer ken dan vandaag. Vanavond wordt morgen, morgen wordt overmorgen, en overmorgen wordt volgende week. Uiteindelijk besluit ze het dan toch niet te doen, omdat ze nog zoveel van hem houdt.

'Ik beloof het,' zegt ze bijna plechtig. Ze kijkt op haar horloge. 'O, nee, we zijn te laat. We moeten weer naar de les.'

'Jullie zijn te laat,' klinkt de strenge, zware stem van meneer Kroebels.

'We hebben een goede reden,' floep ik er veel te snel uit. Stom. Waarom ga ik mezelf verdedigen? Laat hem het mooi bekijken. Dan maar een lesje minder. *No worries!*

'Die hoef ik niet te horen. Te laat is te laat. Jullie hoeven mijn les niet meer te volgen vandaag. De volgende keer wil ik dat jullie op tijd zijn, anders zorg ik ervoor dat jullie niet mogen deelnemen aan het tentamen.' Hij gooit de deur met een smak dicht.

'Verdwijn van deze aardkloot,' zegt Eva. 'Hij is vroeger toch ook student geweest en is vast ook wel eens te laat gekomen.'

'Kan het interesseren. De wereld vergaat niet. Ik vind Kroebels toch al een akelige vent en aan zijn uitleg heb ik nog nooit iets gehad. We missen niets. Nog een bakje koffie dan maar?'

'Lekker!'

Eenmaal terug in de kantine begint Eva vrolijk te babbelen. 'Hoe is het eigenlijk met Nick?' vraagt ze.

Ik haal mijn schouders op. 'Het is nog zo pril. We zijn pas een maand samen, maar tot nu toe gaat het wel aardig.'

'Wel aardig? Dat klinkt niet heel erg super de super tot over de oren verliefd.'

'Tja, hoe moet ik dat uitleggen? We hebben gewoon andere interesses. Dat ik van shoppen, feesten en lol maken houd, hoef ik jou niet te vertellen. Maar Nick... Hij houdt gewoon van totaal andere dingen. Hij is een enorme sportfanaat en zit op zaterdagavond liever op de bank samen met mij een film te kijken dan dat we met een wijntje of biertje dansend in de discotheek staan.'

'O jee, sporten, dat is helemaal niets voor jou. Jij wordt al moe als je ernaar moet kijken, nietwaar? En een week zonder disco of kroeg overleef jij volgens mij ook niet.'

'Klopt, maar ik ben toch wel gek op Nick. Wie weet vinden we over een tijdje wel een aantal gezamenlijke interesses,' zeg ik hoopvol.

Eva knikt en zwijgt. Het is even stil en ik vraag me af of ik er wel goed aan doe om verder te gaan met Nick, maar ergens trekt hij me toch aan. Hij is totaal anders dan ik, maar dat geeft toch niet? Het maakt hem juist interessant. Of toch weer niet?

'Laten we naar huis gaan,' zegt Eva.

'Goed plan. We hebben immers geen les meer.'

*

11

Goede Tijden Slechte Tijden is al een halfuur afgelopen. Nick had beloofd om dat samen met mij te kijken en daarna gezellig een film op te zetten. Ik heb de chips en cola al op mijn slaapkamer staan, het dvd'tje ligt klaar en ik heb om een romantische sfeer te creëren wat kaarsjes aangestoken. Waar blijft hij toch? Hij zou hier al een uur geleden zijn. Verdorie, ik kan er niet tegen als mensen hun afspraak niet nakomen. Ik schenk een glas cola in en terwijl ik dat doe, gaat de telefoon. Snel zet ik de colafles weer neer en neem op.

'Met Mandy.'

'Met Nick,' hoor ik aan de andere kant van de lijn.

'Ben je er al bijna?' vraag ik hoopvol.

'Nee. Er is een extra voetbaltraining ingelast vanwege die belangrijke wedstrijd van aanstaande zaterdag en ik ben onze afspraak glad vergeten. Het schoot me net te binnen. Ik kan vanavond dus helaas niet meer naar je toe komen.'

Helaas? Helaas! Het zal wel, volgens mij kan het hem geen reet interesseren. 'Geeft niets,' zeg ik zo neutraal mogelijk en ik hoop dat ik de teleurstelling kan verbergen. Hij hoeft niet te weten dat ik al een uur zit te wachten en elke seconde op de klok voorbij heb zien tikken.

'Ik moet nu ophangen. Zal ik zaterdagavond langskomen? Dan kijken we samen een filmpje.'

Ik twijfel. Eigenlijk zou ik met mijn vriendinnen naar de discotheek gaan. Er draait een geweldige dj. Dat wil ik helemaal niet missen. 'Nee, ik ga dan met mijn vriendinnen uit. Ga je mee?'

'Misschien, dat laat ik je nog wel weten. Ik moet nu ophangen. Doeg, kus. Ik houd van je.'

'Ik ook van jou.' Halverwege de zin hoor ik dat er al is opgehangen. Ik staar naar mijn telefoon. Mijn ogen zijn waterig en ik heb zin om mijn mobieltje door de kamer te smijten. Nick ook altijd met zijn sport. We zijn pas een maand samen en hij heeft al drie keer afgebeld vanwege dat stomme gesport van hem. Ik blaas de kaarsjes uit en drink mijn glas cola in twee slokken leeg. Ik ga slapen, gezellig wordt het toch niet meer vanavond.

*

Er valt een streep daglicht tussen de kier van de gordijnen. Ik word langzaam wakker en voel mijn ogen prikken. Met beide handen wrijf ik langs mijn nek. Hij is pijnlijk en stijf, verkeerd gelegen waarschijnlijk. Dan verplaats ik mijn handen naar mijn benen en voel iets ruws, het lijkt wel spijkerstof. Normaal is het zacht, zoals een pyjama hoort te zijn. Ik wrijf in mijn ogen en kijk naar mijn broek, een spijkerbroek. Dan valt me op dat ik ook een trui draag. Hij ruikt naar geurkaars. Vanuit mijn bed zie ik de drie uitgeblazen geurkaarsen staan, ze zijn sneu en scheef opgebrand. Daarnaast ligt een dvd die ik niet gezien heb. De lege glazen staan er ook maar zielig bij, ze zijn niet eens gevuld geweest. Ik slik een keer. Mijn mond is droog. Ik slik nog een keer, maar hij blijft droog. In de badkamer vul ik een glas met water. Zachtjes nip ik aan de rand van het glas en loop terug naar de slaapkamer. Mijn blik valt op het gekreukte beddengoed. Wat heb ik onrustig geslapen. Ik weet het weer. Nick. Hij kwam niet opdagen. De rotzak. Ik laat me terugzakken in de kussens en huil zonder me te schamen. Er is toch niemand die het ziet.

Na een huilbui van tien minuten loop ik naar de badkamer, kleed me uit en stap onder de douche. De waterstralen masseren mijn rug en ik voel de spanning verminderen. Waarom maak ik me altijd overal druk om? Als Nick het belangrijker vindt om te gaan sporten, moet hij dat zelf weten. Dan ga ik zaterdag lekker met vriendinnen uit en bekijkt hij het maar. Ik ga daarom toch zeker niet in zak en as zitten. Ik wrijf de shampoo in mijn haren en met mijn vingertoppen masseer ik mijn hoofd. De geur van de shampoo maakt me weer vrolijk. Vanmiddag ga ik shoppen met Sanne, Eva en Iris. Eva en ik hebben alleen deze ochtend les. Sanne vond dat ze wel een paar uurtjes kon *skippen* om te gaan winkelen en Iris studeert al af en kan haar eigen tijd indelen.

Ik stap onder de douche vandaan, droog me af en poets ondertussen ook mijn tanden. Moet kunnen, wij vrouwen kunnen prima twee dingen tegelijk.

Een halfuur later heb ik schone kleren aangetrokken, make-up op mijn gezicht gedaan en mijn bed opgemaakt. Ik ga naar beneden. Zoekend kijk ik de keuken in, op zoek naar brood. O ja, mijn moeder is vandaag niet thuis. Ze bleef bij een vriendin logeren, zei ze. Ze klonk nogal vaag. Sinds mijn moeder weer vrijgezel is, gaat ze vaak op stap 's avonds, maar ik vraag me af of het altijd met vriendinnen is. Afijn, ik had dus brood uit de vriezer moeten leggen. Ik ontdooi een paar boterhammen in de magnetron, besmeer ze daarna met een dikke laag chocoladepasta en stop ze in een zakje. Ik ontbijt op school wel.

Eva staat bij het klaslokaal te wachten. Zo, dan kan ik haar mooi even uithoren over Stijn.

'Heb je Stijn al opgebeld?'

'Nee, ik heb er gisteren helemaal geen tijd meer voor gehad.' Ze kijkt de andere kant op. Ze liegt, maar daar komt ze mooi niet mee weg.

'Goed geprobeerd, maar daar trap ik natuurlijk niet in.'

'Weet je. Ik dacht: het kan altijd nog. Misschien laat hij me nu wel met rust en dan hoef ik hem ook geen pijn te doen. Voor mezelf ook een stuk makkelijker trouwens.'

'Nee, dat is het niet, lieve Eva. Als jij niet duidelijk bent, komt hij steeds weer naar je toe en voordat je het weet zijn jullie weer samen. Wil je dat?'

'Ik weet het niet meer. Ik mis hem zo.'

'Nee. Je mist de liefde, de genegenheid, het vertrouwen en het gevoel dat iemand om je geeft. Wees nu eens heel eerlijk. Mis je Stijn? De man die je keer op keer bedroog? Die constant leugens verzon?'

'Je hebt gelijk, maar ik mis het zo. Die arm om me heen, die kus en de gezellige avonden. Altijd iemand kunnen bellen als je iets kwijt wilt,' zegt Eva.

'Dat kan nog steeds. Je mag mij bellen.'

Ze kijkt me sneu aan.

'Ja, dat is niet hetzelfde, dat weet ik,' zeg ik. 'Ik begrijp best dat het moeilijk is. Je mist de liefde, maar ik weet zeker dat er snel een leuke jongen komt.'

'Ik hoop het. Laten we het lokaal in gaan. Ik wil niet weer te laat komen.'

Na een paar doodsaaie lesuren is het eindelijk twaalf uur en zitten de colleges erop.

'Kom, dan pakken we de bus naar de stad. Sanne en Iris wachten ons op bij de McDonald's. Dan kunnen we eerst eten en daarna lekker shoppen.'

Eva knikt. 'Prima idee.'

We lopen de school uit. Er komt net een bus aan rijden. Kijk aan, wat een mazzel! We haasten ons naar de overkant van de straat. De buschauffeur doet de deuren dicht, maar nog net kan ik mijn tas ertussen werpen. Hij opent de deuren weer en met een boze blik kijkt hij ons aan. 'Dames, dit is niet de bedoeling.'

'Sorry, maar we hebben heel erg veel haast, een zeer belangrijke afspraak,' lieg ik.

'Vooruit, stap in,' bromt hij.

'Dank u,' zeg ik en toon mijn ov. Ook Eva laat haar ov-kaart zien en dan lopen we verder de bus in.

We komen aan in de stad en wandelen samen naar de McDonald's, waar ik Sanne en Iris al zie staan.

'Hallo,' roepen Eva en ik vrolijk in koor.

'Hoi! Laten we naar binnen gaan. Ik heb honger,' zegt Iris. Iris heeft altijd honger. Ze eet veel én ze blijft er slank bij. Ik ben er zo jaloers op. Kon ik 's avonds maar een kroket of een broodje hamburger eten zonder consequenties voor mijn figuur. Helaas, als ik zin heb in iets lekkers moet ik kiezen tussen een stukje komkommer en een appel. Ik word al dik van lucht.

Met zijn vieren lopen we naar binnen. De geur van hamburgers komt mij tegemoet. Ronald McDonald lacht vriendelijk naar me en uit de ballenbak komt het gejoel van kleine kinderen.

'Wat mag het zijn?' hoor ik de verkoopster aan de andere kant van de toonbank vragen. O, we zijn al aan de beurt. Ik sta weer te suffen en heb nog niet bedacht wat ik wil eten.

'Een medium salademenu alsjeblieft,' zeg ik, hoewel ik meer trek heb in een hamburger, maar ik heb de afgelopen tijd al te veel gezondigd. Deze week eet ik gezond, heb ik met mezelf afgesproken. En daar houd ik me aan. Of zal ik toch?

'Anders nog iets?' vraagt de kassamedewerkster. Zal ik? Een kleine hamburger erbij?

Nee, Mandy. Nee! Je doet het niet. Denk aan je afspraak.

'Dat was het,' weet ik met tegenzin uit te brengen.

Na het eten, dat me niet heel goed smaakte omdat ik constant allemaal lekkere hamburgers om me heen zag en ik alleen een salade en wat lauwe frietjes had, kiepen we het afval in de vuilnisbak en gaan de stad in. 'Kijk daar, een nieuwe kledingwinkel,' zegt Eva. Wij kennen Eindhoven op ons duimpje. Een nieuwe winkel ontsnapt nooit aan onze aandacht.

'Leuk, laten we daar gaan kijken,' zeg ik. Met zijn vieren lopen we de winkel binnen. Het is een klein winkeltje. De wanden liggen vol met jeans. In het midden staat een rek met T-shirts en vestjes, maar het overgrote deel is jeans. Ze hebben allemaal merkbroeken. Voordat ik ook maar iets uit de schappen kan halen, komt de verkoopster naar ons toe gelopen.

'Kan ik jullie helpen? Wat is je maat?' Ze kijkt me recht aan.

Aaargh! Als ik ergens een hekel aan heb, is het dit wel. Het liefst draai ik me nu regelrecht om. De winkel uit. 'Nee, we kijken liever zelf rond,' zeg ik beleefd.

'Prima, als ik kan helpen dan hoor ik het wel. Daar ben ik voor.'

'Ja, dan zullen we roepen. Bedankt,' zegt Eva.

We lopen wat in het rond, pakken een aantal broeken uit de schappen. De ogen van die vrouw prikken in mijn rug. Ik weet het zeker, ze kijkt naar ons. Als we aan de andere kant van de winkel zijn, loopt ze snel naar de wand en begint de door ons bekeken broeken weer op te vouwen, alsof ze blij is dat ze eindelijk wat te doen heeft. We kijken elkaar aan en het is duidelijk dat we alle vier hetzelfde denken. Wegwezen!

We staan weer buiten en ik zeg: 'Jemig, wat een irritante verkoopster.'

Eva knikt instemmend. 'Inderdaad. Er was niets te doen in die winkel. Ze had ook nadat we weg waren die broeken kunnen opvouwen. Ze keek ons gewoon de winkel uit. Mooi stom, want ze hebben best leuke broeken daar. Zin om te passen heb ik niet en dat ga ik ook niet maken. Het idee dat ze dan komt kijken hoe de broek staat, maakt me al kriebelig. Ik weet zeker dat als hij lubberig zou zitten, ze zou zeggen dat hij me beeldig staat en dat hij perfect aansluit.'

'En dat de kwaliteit zo goed is, de zakken mooi zijn en de stiksels een prachtige kleur hebben,' vult Iris lachend aan.

'Ze heeft vast ook nog wel een truitje dat daar perfect bij past. Zonde als ik dat zou laten liggen, want het is echt een fraai setje,' grap ik.

Met zijn allen lopen we lachend de H&M in. Voor ik het weet, heeft Eva een enorme stapel shirtjes in haar handen en loopt ze richting de pasruimte. 'Het enige nadeel van deze winkel is toch wel dat het altijd zo druk is bij de paskamers,' zegt ze.

'O, maar daar heb ik wel een oplossing voor,' zegt Sanne. 'Heb je een hemdje onder je kleren aan?'

Eva tilt haar vestje omhoog. 'Ja.'

'Mooi zo, dan kun je die dingen toch gewoon in de winkel passen. Hupsakee kleding over het hemdje heen, voor de spiegel en je weet meteen of het goed staat,' zegt Sanne.

'Dat kan ik toch niet maken.'

'Natuurlijk wel. Het is zonde van de tijd om een halfuur in de rij te gaan staan.'

'Dat is waar.' Met zijn allen lopen we naar een spiegel, waar Eva haar zorgvuldig uitgezochte kledingstukken past. Ook ik heb een mooi vest gevonden.

'Ik wil eigenlijk ook een string passen.' Sanne wijst naar een rek hippe, kleurige strings met verschillende printjes. 'Die met die tijgerprint.'

'Wat let je. Je hebt toch al een string, boxer of hipster aan. Gewoon hupsakee eroverheen.' Ik probeer mijn gezicht in de plooi te houden, maar de anderen houden het niet.

'Nu we het toch over ondergoed hebben, ik wil naar de Hünkemöller. Ik heb echt dringend nieuwe beha's nodig,' zeg ik.

'Dringend nodig? Zijn ze versleten of helemaal uit de tijd?' vraagt Eva.

'Ik heb het gevoel dat ze te klein zijn. De bedoeling van een push-up kan toch niet zijn dat je door de T-shirtjes heen van die kwabbetjes ziet.'

'Kwabbetjes?' Sanne begint te lachen. 'Nee, dan is de beha te klein.'

'Ik ga een cup groter proberen.'

We zijn de winkel nog maar net binnen en Eva stormt al op de rekken af. 'Deze is mooi.' Ze haalt een zwarte beha met een roze kantje tevoorschijn. Op de cup zitten kleine stipjes en de achterkant is van doorzichtige stof.

'Die is echt sexy en schattig tegelijk. Die wil ik passen. Hangt er nog een 75C tussen?'

Eva vist een beha uit het rek en brengt hem naar me toe. 'Hup, passen jij!' Ik loop naar de paskamers. In het pashokje hangt een bel, wat handig. Dan kan ik een verkoopster oppiepen. Misschien is advies vragen niet verkeerd. Ik trek mijn te krappe beha uit en doe het schattige, sexy exemplaar aan. Wow, hij staat beeldig.

'En en en?' hoor ik drie ongeduldige personen roepen. Ik schuif het gordijn opzij en mijn vriendinnen keuren hem aan alle kanten.

Eva bekijkt de beha uitvoerig. 'Hij kan nog wel een maatje groter.'

'Nóg groter? Hallo, van B naar D. Nee joh, gek!'

'Het zou best kunnen,' zegt Sanne dan ook.

'Oké. Ik vraag het aan de verkoopster.' Ik loop de paskamer weer wat verder in, druk op de bel en na enkele minuten wachten, komt er een verkoopster.

'Kan ik je helpen?'

'Ja, ik heb een beha aan en wil graag weten of dit de goede maat is.'

'Ik denk dat je nog wel een cupmaat groter kan hebben. 75D. Zal ik hem voor je pakken?'

Ik slik. Dit kan toch niet waar zijn? Ik loop al jaren met cup A en daarna B. De verkoopster komt teruggelopen met de beha in de juiste maat. Ik trek hem aan en hij zit als gegoten. Alleen is hij ietsje minder schattig dan het kleinere exemplaar, de bandjes zijn breder en de achterkant is niet van doorzichtige stof maar van steviger materiaal.

'En?' vraagt de verkoopster. Mijn vriendinnen staan achter haar en kijken mee. 'Ja, deze zit veel beter. Helemaal prima,' zegt de verkoopster.

Ik kijk er bedenkelijk naar. 'Wat een grote beha is dat vergeleken met mijn vorige.'

De verkoopster knikt. 'Je kunt ook een voorgevormde nemen, maar dan zonder push-up. Dan heb je aan een C-cup voldoende. Die push-up beha zorgt ervoor dat je nog een maatje groter nodig hebt. Snap je?'

'Mag ik dan zo'n C proberen?' De verkoopster loopt de winkel in en komt terug met een beha in haar handen. Ik trek hem aan, maar meteen voelt het vreemd. Anders dan normaal. Ik draag mijn hele leven al push-up beha's.

'Nee, dit gaat hem niet worden.' Mijn vriendinnen lachen.

'Nee, bij jou hoort gewoon een push-up,' zegt Sanne.

'Precies, dat vind ik ook. Deze zit zo apart en het ziet er meteen zo anders uit onder je T-shirt. Dan neem ik die beha in D-cup wel.' Ik ben nog steeds een klein beetje onthutst. Cup D! 'Trouwens, ik neem er twee. Ik heb toch nieuwe nodig, nu de andere te klein zijn.' Uit het rek vis ik de bijpassende strings en loop naar de kassa.

'Zo, dat is ook weer geregeld,' zeg ik als ik met mijn tasje lingerie over straat loop. Mijn vriendinnen lachen.

'Zo erg is dat toch niet,' zegt Eva.

'Ik krijg het altijd zo warm van het passen. Die verkoopster die je dan inspecteert. Nee, mijn hobby is het niet.' Maar wat me echt dwarszit, is dat ik zomaar ineens twee cupmaten erbij heb. Iedereen doet alsof het heel normaal is terwijl zoiets niet zomaar gebeurt. Ik zou toch niet...? Nee, dat kan niet. Nick en ik doen het altijd veilig. De keren dat we het gedaan hebben. Zo vaak is dat nog niet eens. Nee hoor, ik ben echt niet...

'Je hebt nu wel een beha die mooi zit én er sexy uitziet. Nick weet niet waar hij kijken moet,' onderbreekt Iris mijn gedachten.

Ik glimlach alsof er niks aan de hand is. 'Eh, dat ligt eraan, als er sport op tv is, ziet hij nog niet dat ik naakt voor hem sta, dus met beha val ik al helemaal niet op.'

'Die Nick is wel echt een sportfanaat, hè?' vraagt Sanne.

'Ja, een veel te fanatieke. Ik word er nu al kriegelig van.'

Eva kijkt bedenkelijk. 'O jee, laat hij je nu al wachten?'

'Ja!' Ik frons mijn wenkbrauwen en vertel over die avond met de kaarsjes en het dvd'tje. 'Meneer moest zo nodig naar een extra ingelaste voetbaltraining.'

'Dat slaat nergens op. Afspraak is toch afspraak,' zegt Eva.

'Inderdaad, en sterker nog: het was niet de eerste keer dat me dit overkwam. In een maand tijd heeft hij me dit al drie keer geflikt. Wat moet ik daar toch mee?'

'Dumpen die gast,' zegt Iris.

'Daar hebben we botte Iris weer, hoor. Ik ben anders wel helemaal gek op Nick.'

'Zo bedoel ik het niet, maar dat wist je al, hè. Ik maak soms stomme opmerkingen. Tot tien tellen is aan mij niet besteed. Maar ik snap je punt. Je bent helemaal gek op Nick, maar aan de andere kant wil je niet op de tweede plaats staan.'

'Klopt, ik voel me wel een beetje tweederangs. Ik wil dat hij er voor me is. Natuurlijk hoeft hij zijn sport niet op te geven voor mij, maar enigszins rekening met me houden, dat kan toch wel? Of ben ik nu te veeleisend?'

Sanne kijkt me hoofdschuddend aan. 'Nee. Jullie zijn nog maar zo kort samen, dan hoor je naar mijn mening dolverliefd te zijn. Dan wil je heel graag bij elkaar zijn en mis je elkaar voortdurend.'

'Dat dacht ik dus ook. Als we nu al vijf jaar samen waren, kon ik begrijpen dat de klad erin kwam. Dan kun je goed met en zonder elkaar, maar in het begin niet. Ik wil niets liever dan bij Nick zijn en dan is het zo frustrerend om te horen dat hij wéér geen tijd heeft. Als hij nu al geen tijd voor mij heeft, is het dan wel echte liefde?' En hoe moet dat dan als ik wel echt zwanger van hem ben? Gaan we dan zomaar ineens samenwonen, een kind opvoeden, volwassen worden? Ik kan niet van de ene op de andere dag mijn leven overhoop gooien!

Iris kijkt naar de gevel van de Tango. 'Ik denk dat je het hem moet voorleggen.'

We lopen de Tango in en ik voel me als een vis in het water. Meteen vergeet ik de helft van mijn zorgen. Schoenen, schoenen en nog eens schoenen. Zoveel keuze, ik moet gewoon een paar kopen. Ik struin af op kekke schoenen met een sleehak. 'Eh, je had het over voorleggen? Wat moet ik hem voorleggen?'

'Gewoon dat wat je ons daarnet vertelde. Dat je hem mist en dat je vaker bij hem wilt zijn. Dat je het jammer vindt dat hij vaak afzegt,' zegt Iris.

'Nee joh! Straks vindt hij mij bezitterig en wil hij niets meer met me te maken hebben.' Ik trek de schoenen aan en ben op slag verliefd. Ze zitten als juweeltjes aan mijn voeten.

'Eerlijkheid staat voorop, nu is het ook niet echt leuk én

er ontstaan irritaties. Zo wil je toch niet nog jaren verdergaan,' zegt Sanne en steekt haar duim op. 'Gave schoenen, kopen!'

Ik zwijg en denk na. Na enkele minuten zeg ik stellig: 'Nee, dat wil ik niet. Ik ga met hem praten. En inderdaad, de schoenen zijn super en ze zitten als gegoten. Ik neem ze.'

'Wel doen, hè,' zegt Eva en lacht geniepig. Eigen schuld, ik wreef het haar de vorige keer ook in. Ze moest duidelijk zijn tegen Stijn. En ik… Ik moet duidelijk zijn tegen Nick, want anders word ik niet gelukkig. Ik voel me zelfs onrustig. Het is niet leuk als je gezellig op je slaapkamer zit te wachten met de kaarsjes aan en je telefoon begint te rammelen, om vervolgens voor de zoveelste keer te horen dat hij niet komt.

Ik steek mijn tong uit. 'Ik koop ze nu meteen.'

'Ik had het over praten met Nick.'

'Weet ik. Ik ga het morgen doen. Beloofd,' zeg ik en leg mijn hand op mijn hart.

Mijn vriendinnen beginnen te lachen. 'Ik zweer het met mijn hand op mijn hart,' zeggen ze in koor, terwijl ze allemaal tegelijk de hand op hun borst leggen. Ik lach mee en denk weer terug aan die avond in de kroeg waarin we zwoeren dat het écht het laatste wijntje was. Dat we vervolgens de weg naar huis niet meer konden vinden, maakte wel duidelijk dat we ons niet aan de belofte hadden gehouden. We bleven glas na glas maar zweren dat het het laatste was, totdat we niet meer in staat waren om onze handen op de juiste plek van de borst te leggen. Het hart zat toen volgens ons overal en nergens. En een schik dat we hadden. Hoe we uiteindelijk thuis zijn gekomen, kunnen we ons alle vier niet meer herinneren. De kater echter wel. Ik heb nog twee dagen last gehad van hoofdpijn, en niet te zuinig.

'Van het weekend weer lekker stappen,' zegt Sanne, ons feestbeest. We staan bij de kassa en ik reken het zoveelste paar schoenen af. Het voelt goed, uitstekend zelfs. Weer een nieuw paar erbij, je kunt er niet genoeg hebben.

'Ja, ik heb er zin in,' zegt Eva en ook Iris knikt hevig.

'Ik ook. Nick vroeg me om een filmpje te kijken, maar ik ga veel liever stappen.'

'Groot gelijk heb je. Hij kan mee uitgaan of hij kan alleen thuisblijven. Je moet je leven niet door hem laten leiden. Zelf gaat hij voetballen en dan wil hij op jouw stapavond thuis op de bank gaan zitten. Daar komt niets van in.' Sanne beweegt haar wijsvinger afkeurend heen en weer. 'We gaan lol maken,' voegt ze eraan toe en er verschijnt een brede glimlach op haar gezicht.

'Daarom, ik ga gewoon mee. Ik praat morgen met Nick en vertel hem hoe ik erover denk. Hij mag mee en als hij geen zin heeft, blijft hij maar thuis. Zaterdagavond is onze stapavond!'

'Zo is het maar net,' zegt Iris.

Nadat we nog heel wat winkels afgestruind hebben, lopen we terug. Eenmaal bij de bushalte aangekomen, komt de bus net aanrijden. Beter kan niet.

Ik wrijf over mijn rug. 'Lekker zitten.' Mijn vriendinnen kijken me vragend aan. Ik kan de vraag die ze willen stellen bijna in hun ogen aflezen. 'Zeg maar niets. Ik weet ook niet waarom ik op van die hoge hakken ga shoppen. Het is mijn eigen schuld, dat zal ik vanavond ook wel van mijn moeder te horen krijgen. Als ze thuis is.'

'Als ze thuis is?' vraagt Sanne.

'Ja, ze is de laatste tijd veel weg.'

'Dat is niets voor jouw moeder.'

'Klopt, mijn ouders zijn inmiddels alweer vijf jaar gescheiden, maar sinds kort gaat ze veel vaker uit. Met vriendinnen. Althans… Dat zegt ze zelf. Ik weet niet of ik het moet geloven. Ze kan ook een nieuwe minnaar hebben. Ik gun het haar wel na die vijf jaar alleen zijn. Ik probeer haar geregeld uit te horen, maar ze heeft me veel te snel door en laat niets maar dan ook niets doorschemeren.'

Eva kijkt me enthousiast aan. 'Leuk, een nieuwe lover!'

'Ho ho ho, niet te snel. Ik kan het mis hebben, misschien is ze wél echt met vriendinnen op stap. Ze vindt het vast fijn als ik straks een eigen kamer heb, dan kan ze thuis ook doen en laten wat ze wil.'

'Dat gaat vast nog jaren duren,' lacht Iris. 'Voordat jij een kamer hebt gevonden, zijn wij al getrouwd,' grapt ze.

'Nee, want ik heb toevallig aanstaande vrijdag een bezichtiging. In Eindhoven, dus gunstiger kan niet.'

'O, wat leuk. Dat wist ik nog niet. Laat ons weten hoe het afloopt. Ik heb wel zin om een kamer op te knappen en meubels te gaan shoppen met zijn allen,' zegt Sanne.

'Ik ook. Ik kan niet wachten tot ik mijn eigen kamer heb. Dan kan ik heerlijk doen en laten wat ik wil. Niemand die me stoort. Ik kan iedereen uitnodigen wanneer ik dat wil.'

'Ja ja, dan kan je natuurlijk ongestoord vrijen met Nick en kilo's chocolade eten zonder er een opmerking over te krijgen. Een zootje maken van je kamer zonder dat je er gezeur over krijgt en muziek draaien wanneer jij dat wilt,' lacht Sanne.

'Geweldige voordelen toch?' zeg ik en knipoog.

Inmiddels stopt de bus vlak bij mijn huis. Wat gaat de tijd toch snel als je gezellig aan het kletsen bent. 'Ik moet er hier uit. Spreek jullie snel.'

'Doeg,' roepen mijn vriendinnen in koor. Eva voegt er nog snel aan toe: 'En wel met Nick gaan praten, hè?'

'Ja, ja, ja. Ik doe het. Tot snel.'

Voor ik naar huis ga, loop ik een blokje om naar de drogisterij. Als er maar geen bekende achter de kassa staat is alles goed. Ik stap de kleine winkel binnen en word gegroet door een vrouw die me niet bekend voorkomt. Gelukkig.

Alsnog zenuwachtig loop ik snel naar het schap met zwangerschapstesten en pak er zomaar een uit. Samen met een pak inlegkruisjes leg ik het op de toonbank. Ze scant de spulletjes af. Ik betaal contant en neem de bon niet mee.

'Wil je er een tasje om?' vraagt ze.

'Nee, het gaat hier wel in.' Ik prop de spullen in mijn schooltas en ga meteen door naar huis.

Mijn moeder staat met een schort om in de keuken. 'Hoi hoi. Lange dag gehad op school?'

'Nee, een half dagje en daarna ben ik gaan shoppen met Eva, Sanne en Iris.'

'Gezellig! Nog wat leuks gekocht?'

Ik houd de tas van de Hunkemöller omhoog. 'Een nieuw vestje en nieuwe beha's.'

'O, sexy lingerie voor je nieuwe vriendje. Wanneer ga ik hem nou eindelijk ontmoeten?'

'Tja mam, jij bent de laatste tijd zo weinig thuis. Hij is hier al best vaak geweest, maar jij bent er steeds niet. Moet je me soms iets vertellen?'

Mijn moeder draait zich snel om en loopt naar het fornuis, waar ze vervolgens onnodig in het pannetje kaassaus roert. 'Nee hoor, ik heb het gewoon druk met mijn werk en met mijn vriendinnen. Sinds ik bij je vader weg ben, heb ik meer tijd voor mezelf en mijn vriendinnen. Heerlijk.'

Ik ken die afleidingsmanoeuvres van haar maar al te goed, maar ik besluit om er niet op in te gaan. Mijn moeder kennende gaat ze me toch niets vertellen. Dat doet ze pas als ze dat zelf wil.

'Ik ben blij voor je. Fijn om te horen dat je nu weer gelukkiger bent.'

'Ik ben heel gelukkig,' lacht ze. 'We gaan trouwens eten.'

'Oké,' zeg ik en schuif de stoel van tafel. 'Ik heb niet zo'n honger. We hebben vanmiddag bij de Mac gegeten, dus ik eet maar een beetje.'

Mijn moeder glimlacht. 'Ja, dat komt je wel goed uit nu we bloemkool eten, hè.'

'Precies!' zeg ik met een grijns. Door mijn hoofd spookt het idee dat ik zwanger ben. Zwangere vrouwen hebben vaak weinig eetlust. Ik heb nooit zin in bloemkool, maar is het nu erger dan gewoon? Ik moet die test snel doen, want ik maak mezelf gek.

'Wanneer komt Nick weer?'

'Morgenavond, hoop ik. Ik bel hem straks op om te vragen of hij tijd heeft.'

'Wat jammer nou. Morgenavond ben ik ook niet thuis. Ik heb nachtdienst.' Tja, dat hoort bij werken in een ziekenhuis.

'Je ziet hem vast binnenkort. Althans, als het dan nog niet uit is tussen ons.'

'O jee, gaat het nu al niet goed?' Ze kijkt me een tikkeltje bezorgd aan.

Ik vertel haar het verhaal over de avondjes dat hij liever sport en ik op hem aan het wachten ben. Ik vertel haar over het bankhangen. 'Ik wil veel liever feesten, uitgaan en lekker tutten.'

'Tja, schat, hij is zo te horen anders dan jij. Twee totaal verschillende types. Dat kan negatief werken, maar ook positief. Je moet met hem gaan praten en zien of jullie tot een oplossing kunnen komen. Wat dacht je van een avondje thuis op de bank en een avond stappen in de kroeg. Ik noem maar wat.'

'Dat zeiden mijn vriendinnen ook al. Ik ga hem straks bellen en morgenavond wil ik er met hem over praten.'

'Heel goed plan,' zegt mijn moeder. Ze stopt een stukje in de kaassaus gedompelde bloemkool in haar mond. Ik staar naar mijn bord. Nog eventjes dooreten en dan heb ik het gehad. Brrr, bloemkool.

Na het eten ga ik naar boven. Ik haal de zwangerschapstest uit mijn tas en neem die mee naar de badkamer, waarvan ik de deur op slot draai. Terwijl het bad volloopt, haal ik de test uit het doosje. In de gebruiksaanwijzing staat dat ik eroverheen moet plassen. Ik ga op de wc zitten en probeer het staafje onder mijn plasstraal te houden zonder dat mijn hand vies wordt. Na een paar keer verzitten lukt het eindelijk.

Als ik klaar ben, blijf ik naar de test kijken. Het is fout als er een plusje verschijnt. Ik doe mijn ogen dicht en weer open, maar er is nog niks te zien. Nog een keer. Nu is het wel duidelijk. Ik ben niet zwanger. Opgelucht stop ik de test terug in het doosje. Die ga ik binnenkort ritueel ver branden of zoiets. Zorgen dat hij nooit meer terugkomt.

Ik dompel me onder in het hete badwater. Nu kan ik Nick met een gerust hart bellen. Niks aan de hand. Ik toets zijn nummer in op mijn mobieltje, dat ik zelfs in de badkamer bij me heb, en wacht tot hij opneemt. 'Ha, met mij.'

'Hoi, schat. Alles goed?'

'Ja, hoor. Ik wil morgenavond met je afspreken om wat te bespreken. Kan je dan?'

'Is er iets dan?' vraagt Nick verbaasd. Typisch mannen, die voelen niet aan wanneer een vrouw niet lekker in haar vel zit.

'Ja, ik wil wat aan je kwijt.'

'Vertel op!'

'Niet nu, morgenavond wil ik het daar graag rustig over hebben.'

'Als dat per se zo moet. Oké, ik ben er om acht uur.'

'Is goed. Ik ga ophangen, want ik lig in bad en die hete

damp is vast niet goed voor mijn telefoon.'

'Prima. Tot morgen. Doeg. Kus.' Ik luister naar de monotone pieptoon aan de andere kant van de lijn. Wat doet hij kortaf. Ik heb toch niets verkeerd gedaan?

2

Waar blijft hij toch? Ik kijk naar mijn horloge en de secondewijzer tikt alsmaar door. Kan Nick écht nooit op tijd komen? We hadden zeker weten om halfnegen afgesproken. Ik loop naar de keuken en schenk nog een glas sinas in. Ik draai de dop weer op de fles en op dat moment hoor ik het gedingdong van de bel. Snel zet ik de fles terug in de koelkast en ren ik naar de voordeur. Daar zal je hem hebben. Eindelijk!

'Ha schat.' Nick komt binnen en geeft me een zoen. Ik kus hem vluchtig en trek mijn hoofd dan terug. Ik ben helemaal niet in de stemming om romantisch te doen. Ik wil met hem praten over wat me dwarszit.

'Je bent alweer te laat,' zeg ik mat en loop terug naar de huiskamer.

'Het spijt me schatje, maar ik was nog even langs de voetbalvereniging. Ik moest…'

Ik onderbreek hem. 'Hou maar op met je schatje, lieverdje en moppie. De voetbalvereniging, daar wilde ik het net met je over hebben. Ik ben dat meer dan zat. Ik kom constant op de tweede plaats. Je laat me wachten of je komt helemaal niet opdagen. Ik vind het leuk voor je dat je zo

30

goed bent in sporten en ik gun het je van harte. Je moet het ook zeker blijven doen, maar niet ten koste van alles. Ik wacht hier uren op je en krijg dan een lullig telefoontje van een paar seconden dat je niet meer komt. Hoe denk je dat ik me op zo'n moment voel?' Ik probeer mijn tranen weg te slikken.

'Sorry,' zegt hij kalm en staart me onverschillig aan.

'Sorry? Is dat alles wat je te zeggen hebt? Het is al de zoveelste keer dat je me laat wachten.' Mijn stem gaat een octaaf hoger. 'Ik ben het meer dan beu! De vorige keer had ik mijn kamer sfeervol gemaakt met kaarsjes. De dvd lag al klaar en daar zat ik dan wachtend op mijn bed.'

Hij haalt zijn schouders op. 'Ik wist helemaal niet dat je dat zo erg vond.'

Als ik geen kunstnagels zou hebben, zou het bloed nu zeker onder mijn eigen korte nagels tevoorschijn komen. Ik voel hoe de temperatuur in mijn lichaam stijgt en bal mijn hand stevig tot een vuist. 'Natuurlijk vind ik dat erg. Het is niet leuk om keer op keer te moeten wachten. Je te verheugen op een gezellig en romantisch avondje en dan opgebeld worden met de mededeling dat je de rest van de avond ook alleen kunt doorbrengen.'

'Het spijt me, lieverd. Ik heb echt niet in de gaten gehad dat je het zo erg vond. Ik zal vanaf nu proberen meer rekening met je te houden. Ik wil je helemaal niet kwijt, want ik houd ontzettend veel van je. Ik voel iets, iets wat ik niet kan beschrijven. Ik kan wel een poging doen.' Hij loopt zenuwachtig heen en weer. 'Ik voel me op mijn gemak bij jou. Bij jou kan ik helemaal mezelf zijn. Aan jou kan ik alles vertellen en je luistert altijd zo goed. We zijn totaal verschillend. Jij houdt van uitgaan en lekker maf doen en ik ben serieuzer en wil graag presteren, maar daarom ben ik zo dol op je. Je bent vrolijk en enthousiast.'

'Daar ben ik ook achter gekomen. Jij bent meer een

sportman en jij wilt echt iets bereiken. Ik ook wel, maar ik wil eerst heel veel lol maken. Kinderen krijgen en op de bank zitten kan altijd nog. Ik ben nu nog jong en energiek.'

'Dat moet je ook niet opgeven voor mij. Dat wil ik niet. Je moet gewoon lekker uitgaan en plezier maken. Ik zal proberen wat meer tijd voor je vrij te maken. Je hebt wel gelijk als je zegt dat ik te veel bezig ben met het sporten. Ik houd echt van je!' Hij loopt naar me toe en kijkt mij smachtend aan. Op zijn voorhoofd zou mag ik een zoen? gedrukt kunnen staan. Ik lach, ik kan zijn hunkerende blik niet weerstaan en buig me naar hem toe. Ik voel zijn lippen op de mijne. Teder wrijft hij met zijn handen door mijn haren. Het voelt zo goed en echt. Meent hij het? Is hij echt gek op mij? Of heeft hij net gewoon een praatje staan houden omdat hij graag een vriendinnetje wil hebben om bij zijn vrienden op te scheppen? Even zie ik een beeld voor me van douchende jongens uit een voetbalteam. Met zijn allen staan ze te lachen en op te scheppen over hun seksleven. Zonder vriendin hoor je er vast en zeker niet helemaal bij.

'Ik ben dol op je. Ik wil je nooit meer kwijt,' zegt Nick en dan ben ik overstag. Hij houdt echt van me. Als mannen dit zeggen, menen ze dat vast en zeker. 'Zullen we dan nu een dvd kijken?'

'Ja, leuk,' zeg ik en voel me weer helemaal happy. De vlinders fladderen door mijn buik. Verliefd zijn, dat is toch zo'n geweldig gevoel.

'O nee, ik heb alleen nog maar vrouwenfilms hier liggen. De andere dvd's zijn al terug naar de videotheek. Hadden we nu maar digitale televisie,' zucht ik, 'maar daar wil mijn moeder niet aan beginnen. Ze is bang dat ik te veel betaalde films ga kijken. Ik kan natuurlijk niet ontkennen dat dit dan inderdaad gaat gebeuren.'

'Geeft niets. Dan kijken we gewoon een vrouwenfilm.

Als ik maar tegen je aan kan kruipen, vind ik het best. Het is eigenlijk veel te lang geleden dat ik warm en knus naast je lag.'

'Deal!' Vlug pak ik de dvd van Mamma Mia uit de kast. Ik zwaai er enthousiast mee in de lucht en vraag dan ondeugend: 'Weet je het zeker?'

'Prima, maar vertelde je laatst niet dat je die al gezien had?'

'Ja, ik heb hem al vier keer gezien, maar ik kan er geen genoeg van krijgen. Die film is zo lekker vrolijk met al die liedjes, en heel romantisch.'

Nick geeft me een kus op mijn neus. 'Dan gaan we die kijken.'

Mamma mia, here I go again
My my, how can I resist you?
Mamma mia, does it show again?
My my, just how much I've missed you
Yes, I've been brokenhearted
Blue since the day we parted
Why, why did I ever let you go?
Mamma mia, now I really know,
My my, I could never let you go.
©Abba – Mamma Mia

De muziek schalt door mijn kamer heen en zelfs Nick zingt vrolijk mee.

'Ik heb zo'n zin in morgen,' zeg ik dan.

'Wat ga je dan doen?'

'Een kamer bezichtigen.'

'Leuk. Wat zou het fijn zijn als je een eigen kamer hebt, hè. Lekker dicht bij school en een ruimte voor je alleen. Hoewel, je mag nu ook niet klagen. Jouw moeder is bijna nooit thuis, ik heb haar nog nooit gezien.'

'Klopt, mijn moeder is vaak werken of naar vriendinnen,' zeg ik terwijl ik bij het woord vriendinnen met mijn vingers twee aanhalingstekens uitbeeld.

'Geloof je haar niet?'

'Ik weet het niet. Volgens mij heeft ze een nieuwe minnaar, maar ze zegt zelf van niet.'

'Dat doe je zelf ook, nietwaar? Als je zelf net verliefd bent, vertel je dat ook nog niet. Daar wacht je mee tot het serieuzer is.'

'Tja, dat probeer ik altijd inderdaad. Maar... Op de één of andere manier heeft mijn moeder het altijd in de gaten als ik verliefd ben. Dan zeg ik dat ik naar Iris ga en vraagt ze: "Ga je altijd douchen voordat je naar Iris gaat? En doe je ook altijd zoveel parfum op?"' Ik glimlach. 'Hoe kan het toch dat moeders dat altijd doorhebben. Ik kan werkelijk niets voor haar verborgen houden.'

'Dat is het handige van alleen bij je vader wonen.' Nicks ouders zijn een paar jaar geleden ook gescheiden en samen met zijn broertje woont hij nu bij zijn vader.

'Vaders hebben niets door. Pa is altijd druk bezig met zijn werk en komt vaak laat thuis. Als ik 's avonds om tien uur zeg dat ik naar school ga, gelooft hij het nog.' Er verschijnt een glimp van plezier op zijn gezicht. 'Dat is ook wel handig,' voegt hij eraan toe.

'Precies mijn vader. Al zie ik hem nu niet meer zo vaak, toen mijn ouders nog samenwoonden ging het exact hetzelfde. Pap kon mij wel eens vragen of ik lekker had gewerkt, terwijl ik die ochtend nog verteld had dat ik naar school ging.'

Nick lacht en zegt: 'Ik moet eigenlijk naar huis. Morgen weer een lange schooldag.' Nick volgt de studie Sport, Economie en Management. Hoe kan het ook anders.

'Ik kan morgen uitslapen want ik ben toevallig vrij. Om twee uur ga ik een kamer bezoeken.'

'Leuk. Ik bel je daarna wel op om te vragen hoe het was.'

Ik kijk verbaasd naar de televisie. 'De film is al afgelopen.' We hebben zoveel gekletst dat ik niets meer van de film gezien heb. Dat is een goed teken. In een relatie moet je met elkaar kunnen praten. Ik ben toch al een kletskous eerste klas.

'We hebben er niet veel van gezien,' zegt Nick.

'Geeft niets. Ik vond het een leuke en fijne avond.'

'Ik vond het ook gezellig en ben blij dat we een goed gesprek hebben gehad. Als je trouwens een kamer vindt, kan ik lekker bij je blijven slapen. Ideaal!' Nick glundert.

'Ik moet eerst maar iets zien te vinden.'

'Ja, dat valt meestal niet mee.' Nick staat op en samen lopen we naar beneden. Bij de deur geef ik hem nog een lange zoen en zwaai hem vervolgens uit. Als hij de hoek om gaat, sluit ik de deur. Ik voel me opgelucht. Blij dat ik hem verteld heb hoe ik erover denk.

*

Het is vrijdagochtend en ik word wakker van het geblaf van de hond van de buren. Het is een Duitse herder en hij kan kabaal maken voor twee. Toch ben ik dol op Boef, zoals hij heet. Vroeger, toen ik nog jonger was en op de middelbare school zat, ging ik na school met hem wandelen in het bos. Ik wilde graag een hond, maar mijn ouders vonden dat geen goed plan. Ik zou hem toch niet uitlaten als het regende en op een koude zondagochtend, als ik een feest had gehad, zou ik ook mijn bed niet uitkomen, aldus mijn vader.

'Als ik later uit huis ga...' riep ik altijd. 'Dan neem je voor mijn part tien honden,' riep pap dan. Helaas, in een studentenhuis zijn vast geen honden toegestaan. Ik moet dus nog meer geduld hebben. De rode cijfers van de wekker tonen dat het al elf uur is. Ik wrijf met mijn handen in mijn ogen en besluit dan op te staan. Tijd om te gaan douchen. Ik wil om twee uur piekfijn verzorgd in dat studentenhuis zijn. Je wordt gekeurd, heb ik uit verhalen van medestudenten gehoord. Dus dan kan ik maar beter goed voor de dag komen. Welke kleren zal ik aan doen? Hé Mandy, ga nu eerst douchen. Zo komt er nooit wat van. Ik schuif de warme dekens van me af. Ik twijfel. Zal ik nog een halfuurtje blijven liggen? Nee, hup, opstaan! Ik stap uit bed en loop snel naar de badkamer. Brr… Ik haat het om in de kou uit bed te komen.

Om precies kwart voor twee sta ik op de Van Grootschatlaan nummer dertig. Een kwartier te vroeg. Zou ik al kunnen aanbellen? Of is dat *not done*? Ik draai me om en kijk om me heen. Hoeveel mensen zouden er komen? Ik ben vast niet de enige. Om vijf voor twee is er nog niemand. Ik kijk naar de deurbel en houd mijn vinger ervoor. Zal ik aanbellen? Of zal ik nog een paar minuten wachten? Mandy, twijfel toch niet zo, spreek ik mezelf streng toe. Gewoon aanbellen en naar die kamer kijken. De locatie is ideaal. De school is praktisch om de hoek. Wie wil hier nu niet wonen? Ik druk op de bel. Ik hoor niets. Nog een keer bellen dan. Na een paar minuten verschijnt er achter de glazen deur een schim. Krakend en piepend gaat de deur open. Voor me staat een man van ongeveer vijftig jaar. Hij ziet er onverzorgd uit. Hij draagt een wit overhemd met vieze vlekken erop. Het lijkt wel macaronisaus. De gulp van zijn versleten spijkerbroek staat open en zijn riem is niet zorgvuldig door de lusjes geregen. Hij draagt een grote vierkante bril. Ik kan zijn ogen bijna niet zien, zo vet is die bril. In zijn halfgrijze haar zitten witte schilfers. Wat doet die man hier? Ik ben vast aan het verkeerde adres. Was het soms nummer tweeëndertig?

'Jij komt voor die kamer?' vraagt de man en steekt zijn hand uit.

Ik kijk naar zijn overhemd en dan naar zijn handen. Uit beleefdheid, maar met moeite, geef ik hem een hand en zodra hij de andere kant op kijkt, wrijf ik mijn hand schoon aan mijn vanochtend zorgvuldig uitgezochte spijkerbroek.

'Kom maar binnen, dan laat ik je de kamer zien.' Hij grinnikt. Op de een of andere manier voel ik me erg onbehaaglijk. Wat doet deze vent hier? Het is de eerste keer dat ik een studentenhuis bezoek, maar ik dacht dat ik gekeurd zou worden door studenten, mensen van mijn leeftijd.

Huiverig stap ik naar binnen en kijk in het rond. Als eerste komen we langs de keuken. De vloer is bezaaid met grote ijzeren pannen, aan de randen zitten aangekoekte etensresten. Een onaangename geur komt me tegemoet. Ik word er bijna onpasselijk van. Gelukkig lopen we door naar de huiskamer waar een jongen van – ik schat – een jaar of tweeëntwintig zit. Hij draagt een veel te strakke en vale spijkerbroek, zijn sokken hebben ruitjes en op zijn puisterige kop heeft hij een jampotglazenbril.

'Hallo,' zegt hij en kijkt van zijn boek op. Een wettenbundel, aan de dikte en de nummertjes in de kantlijn te zien.

'Hallo,' zeg ik terug, maar de jongen heeft zijn ogen alweer op het boek gericht. Er staat een oude tv. De tafel is bezaaid met kranten, er staan kopjes en er staat een fruitschaal. De fruitvliegjes kruipen over de schaal en ik voel een rilling over mijn rug lopen. Bah, het is hier vies. Echt ranzig! Zelfs in het studentenhuis van mijn ex-vriendje was het niet zo smerig.

'Loop maar met me mee naar boven, dan laat ik je de kamer zien.'

Ik kijk voorzichtig om me heen. Kan ik wel zomaar met die man mee naar boven gaan? Wat is hij van plan? Wil hij iets van me? Het voelt helemaal niet goed.

'Woont u hier ook?' weet ik dan half stotterend uit te brengen.

'Ik ben de huisbaas. Ik slaap op de zolderkamer. Er wonen hier nog drie studenten. Jan, die heb je zojuist in de woonkamer zien zitten. En nog twee andere jongens, maar die zijn nu op school. We delen de badkamer, de keuken en de woonkamer.'

Ik weet niet wat ik hoor. De huisbaas slaapt op zolder? Er wonen alleen maar jongens in dit huis. Ik kan me wel voorstellen waarom. Welke meid wil er met zo'n *creep* in één huis wonen. Ineens beeld ik me iets in. Ik zie hoe deze man 's avonds voor mijn kamerdeur staat en door het sleutelgat gluurt, als ik samen met Nick romantisch op bed lig. Deze gedachte bezorgt me alweer rillingen over mijn rug. *No way* dat ik hier ga wonen en mooi niet dat ik met deze man naar boven ga.

'Ik geloof dat ik ervan afzie. Dit is niet wat ik me had voorgesteld.'

De man kijkt me vreemd aan met zijn half dichtgeknepen ogen. Bah, ik griezel met de minuut meer van die vent. Ik wil hier weg en wel heel snel.

'Je hebt de kamer nog niet eens gezien?' zegt hij op een verbaasde toon en met een halfopen mond staart hij mij aan.

'Ik zie er toch van af. Ik had een andere voorstelling van een studentenhuis,' probeer ik kalm te zeggen, maar mijn hart bonst en bonst.

'Jammer, het is een prachtig deel van Eindhoven hier en de scholen liggen praktisch om de hoek.'

'Ik vind wel iets anders, dit is niet wat ik zoek. Ik wens u een fijne dag.' Ik loop richting de voordeur. Ik wil hier weg en wel nu! Mijn hart bonkt overuren en mijn handen zijn klam. Bah, ik voel me hier echt naar.

Ik ben blij als ik weer buiten sta. Dit moet ik aan mijn vriendinnen vertellen. Snel pak ik mijn telefoon uit mijn tas en houd de twee lang ingetoetst. De foto van Eva verschijnt op mijn beeldscherm.

'Met Eva,' klinkt er vrolijk aan de andere kant van de lijn.

'Ha, met Mandy. Ik moet je iets vertellen. Wat ik nou toch weer heb meegemaakt, dat is wel heel bizar.'

'Vertel op, vertel op!' klinkt er ongeduldig aan de andere kant van de lijn.

'Ben je thuis?'

'Ja, kom je langs?' vraagt Eva enthousiast.

'Ja, het is veel leuker om het live te vertellen. Ik ben over een uurtje bij je. Tot zo.'

'Ik zal zorgen dat de thee klaarstaat. Doeg.'

Snel druk ik mijn telefoon uit en loop richting het station. Jammer dat die vent zo gek was, het huis was gevestigd op een ideale locatie. Op loopafstand van de school én van het station. Wat wil je nog meer? Leuke huisgenoten en geen oud vies mannetje natuurlijk.

Een klein uur later arriveer ik bij Eva. Ik kan niet wachten om het verhaal te vertellen. Ik wil op de bel drukken, maar de deur wordt al opengedaan. Eva staat bijna springend voor de deur.

'Kom binnen. Ik heb het afgelopen uur van allerlei maffe en idiote dingen verzonnen over dat studentenhuis. Ik ben hartstikke benieuwd naar het ware verhaal.'

We lopen naar de huiskamer waar op de salontafel het theepotje met de rode stippen staat. Het theepotje waar Eva zo trots op is. Wij gaven het, samen met de bijbehorende kopjes en schoteltjes, voor haar verjaardag. Dolblij was ze ermee. Eva is een echte theeleut en ik moet toegeven dat ik er ook wat van kan. Ik ben dol op een kop warme thee op een koude winterdag, met daarbij natuurlijk een overheerlijke koek.

'Vertel op,' zegt Eva en schenkt de thee in.

'Heb je ooit een studentenhuis aan de binnenkant gezien?'

'Nee, eigenlijk nog nooit. Ik trok bij Stijn in destijds. En nu ben ik noodgedwongen thuis. Misschien moet ik ook maar een kamer gaan zoeken.'

'Nou, als je dit hoort...' Ik vertel hoe ik stond te twijfelen of ik al zou aanbellen. 'Om vijf voor twee had ik eindelijk moed om aan te bellen. Wie denk je dat er opendoet?'

'Geen idee. Een van jouw exen, misschien?'

'Nee, geen exen. Je hebt nog twee kansen.'

'Het zal ook vast niet Ruben Nicolai zijn geweest. Ik weet het echt niet. Vertel nu maar op! Je maakt me nieuwsgierig.' Ze wiebelt met haar voeten zenuwachtig heen en weer.

'Het was een vent van ik gok in de vijftig.'

'Aha. Dat is wel echt heel interessant en boeiend,' zegt Eva ironisch.

Ik beschrijf de man van top tot teen, inclusief de vlekken op zijn overhemd. Daarna geef ik een uitvoerige beschrijving van de keuken en de woonkamer. 'Maar nu komt het...' Eva zit nu al tien minuten aandachtig te luisteren en ze weet nog niets. Wat ben ik toch gemeen. 'Die vent woont op zolder in dat huis. Een man van in de vijftig, waarschijnlijk alleenstaand, die bij studenten in een huis woont. Dat is toch niet normaal?' Ik neem een slok thee.

'Hè nee, gadver! Straks heeft hij in de vloer kijkgaatjes geboord en gaat hij je bespieden.'

'Zoiets dacht ik dus ook. Toen ik daar was, zag ik ineens voor me dat hij door het sleutelgat van mijn kamer aan het kijken was hoe Nick en ik... Nou ja, je weet wel.'

'Erger nog, misschien filmt hij je wel in de douche of op

de wc. Je weet niet wat die *creep* allemaal in huis heeft laten installeren.'

'Daar had ik nog niet over nagedacht. De rillingen lopen nu weer over mijn rug. Ik ben ook niet met hem naar die kamer gaan kijken. Weet jij veel wat hij van plan was. Hij had zijn gulp al openstaan,' zeg ik lachend. Inmiddels lukt me dat wel.

'Gadverdamme! De volgende keer moet je niet meer alleen gaan.'

'Zou dat? Dit zal toch niet vaak voorkomen?'

'Nee, waarschijnlijk niet. Je hebt gewoon pech gehad. Wees maar blij dat die jongen nog thuis was, voor hetzelfde geld was je helemaal alleen met die smeerlap geweest.'

'Ja, daar moet ik niet aan denken.'

'Nog een kopje thee?' vraagt Eva.

Ik knik. 'Lekker!'

'En nu, heb je al een nieuw plan? Andere kamers?'

'Ik heb nog een kamer op het oog, maar eerlijk gezegd had ik alle hoop gevestigd op deze kamer. De locatie is zo ontzettend gunstig, maar ja, jammer van die man. Ik ga straks bellen om te kijken of ik een afspraak kan maken voor die andere kamer.'

'Dat lijkt me een uitstekend plan. Morgen gezellig stappen. Eindelijk is het dan zaterdag, ik heb me er zo op verheugd.'

'Ik ook. Zeker nu ik het gisteren met Nick heb uitgepraat,' zeg ik en vertel over ons gesprek.

'Fijn dat hij nu ook inziet dat er meer is dan alleen sport. En goed van je dat je hebt gepraat. Naar het advies van je vriendinnen luisteren is erg belangrijk,' lacht ze.

'O ja, advies van vriendinnen. Goed dat je me eraan helpt herinneren. Hoe gaat het dan met jou en Stijn? Heb je hem nog gesproken?'

'Nee, ik heb niets meer van hem gehoord. Ik zei toch dat

het wel zou sussen,' zegt Eva op een wijselijk toontje.

Ik lach. 'Ja ja, wacht jij maar af. Ik weet zeker dat dit verhaal nog een staartje gaat krijgen. Weet wat er gebeurt als je het advies van je vriendin in de wind slaat.'

'We zullen zien,' zegt Eva en nipt aan haar kopje thee.

'Ik ga er weer vandoor. Ik wil een afspraak voor die andere kamer proberen te regelen en ik hoop dat Nick nog langskomt.' Snel drink ik de laatste slok van mijn thee op en sta op uit de stoel. Eva loopt met me mee naar de voordeur.

'Succes met het zoeken naar een nieuwe kamer en tot morgenavond.'

'Ja. Eindelijk zaterdag! Lekker feesten. Bedankt voor de thee en tot morgen.'

Ik kom thuis en loop meteen door naar boven. Ik zoek tussen de tijdschriften, boeken, foto's en make-up naar mijn agenda. Ah, gevonden. Hij ligt tussen een stapel schoolboeken. Snel maak ik hem open en zoek het notitieblaadje waarop ik het nummer van dat studentenhuis had opgeschreven. Hebbes! Met mijn mobiel al in mijn hand toets ik het nummer in. Het kan maar geregeld zijn. Ik wil een kamer en ik heb geen zin om daar maanden naar te zoeken.

'Jasper,' hoor ik aan de andere kant van de lijn. Ik wacht even, zou er nog wat meer komen of blijft het hierbij? Na een paar seconden van stilte begin ik mijn ingestudeerde verhaaltje.

'Dag, je spreekt met Mandy van der Kauw. Ik heb de advertentie gelezen waarin staat dat jullie op zoek zijn naar een nieuwe huisgenoot en ik zou graag naar jullie kijkavond willen komen,' zeg ik in één adem. Pff, het blijft spannend.

'Kijken is geen probleem. Ik zal je naam opschrijven. Mandy van der Klauw, hè?' zegt de jongen ongeïnteresseerd. Het lijkt wel alsof hij net zijn bed uitkomt, zo duf klinkt zijn stem.

'Van der Kauw,' corrigeer ik. 'Wanneer is de avond?'

'Volgende week maandag om acht uur 's avonds. Tot dan, Klauwenmeisje... Eh... Ik bedoel Kauwenmeisje,' zegt hij grinnikend. Voordat ik terug kan zeggen dat hij nooit een Paul de Leeuw zal worden, is er al opgehangen. Ik staar naar mijn mobieltje. Wat een humor. Ik lig in een deuk, *not*! Ik hoop niet dat ze allemaal zo zijn daar. Ik heb een hekel aan mensen die denken dat ze humor hebben, maar niets zinnigs weten uit te brengen. Grappig zijn is alleen leuk als het ook echt grappig is. Ik pak een pen en krabbel op de betreffende maandag in mijn agenda:

Kijkavond Passerweg 15, 20.00 uur.

De telefoon gaat. Nick, staat er op het scherm.

Vrolijk neem ik op. 'Met Mandy.' Ik ben zo blij dat we het gisteren hebben uitgepraat. Nu kan ik weer onbelemmerd verliefd zijn en hunkeren naar zijn mooie lichaam en zijn lieve woordjes.

'Met mij. Hoe is het afgelopen met die kamer?'

'Je kunt er beter niet naar vragen, zo erg was het.'

'Vertel. Vertel!' zegt hij nieuwsgierig.

Ik beschrijf de vieze keuken en de o zo ranzige vent. 'Hij woont op de zolder van het studentenhuis. Welke vrouw wil er dan nog in dat huis slapen? De rillingen liepen over mijn rug.'

'Gadsie. Wat een ouwe, geile smeerlap!'

'Tja, zo kun je hem ook noemen.' Mannen kunnen af en toe heerlijk ongegeneerd met lompe woorden smijten. Soms is het grappig, hoewel het soms ook irritant is. Ze zijn echt absoluut niet subtiel. Ach ja, het is duidelijk. Mannen komen van Mars en vrouwen komen van Venus. En planeten trekken elkaar aan, duidelijk toch. Of stoten ze elkaar ook weer af als ze te dicht bij elkaar komen? *Whatever*, ik houd van Nick. Mars of Venus, kan mij het schelen.

'Je bent toch niet langer dan noodzakelijk met die vent in één ruimte geweest?' Nick klinkt bezorgd.

'Sterker nog, ik ben niet eens met hem mee naar boven gelopen om die kamer te bekijken.'

'Goed gedaan. En wat ga je nu doen?'

'Ik ga op zoek naar een nieuwe kamer. Ik heb alweer een afspraak, maandag over een week kan ik om acht uur gaan kijken op de Passerweg.'

'Spannend!'

'Zeker. Heb je zin om vanavond langs te komen?'

Het is een moment stil aan de andere kant van de lijn. 'Eh… Het spijt me. Ik weet dat ik heb beloofd om meer tijd voor je vrij te maken, maar vanavond heb ik een echt heel belangrijke training.'

'Geeft niet.'

'Zal ik morgenavond langskomen?'

'Morgenavond is het zaterdagavond. Ben je dat alweer vergeten? Ik ga uit met vriendinnen. Ga je mee?'

'O ja, dat is waar ook. Ik blijf liever thuis, dat weet je, hè.'

'Ja, je lijkt wel een ouwe lul. Ik heb toch geen relatie met iemand van boven de veertig, of wel?' Een moment is het akelig stil aan de telefoon. O jee, ik wil niet weer ruzie. Het was meer een grapje om hem wakker te schudden.

'Ik beloof je: we gaan snel iets leuks doen. Zeg het maar, wat wil je graag met me doen?'

'Met jou lekker de hele dag relaxen in de sauna.'

'Vooruit, dan doen we dat. Ga jij dan met mij mee skiën in SnowWorld?'

'Moet dat?' vraag ik terwijl ik al meteen denk aan gebroken benen, verkleumde handen en rode neuzen.

'In een relatie is het geven en nemen, nietwaar?' zegt Nick wijselijk.

'Vooruit. Jij gaat met mij mee naar de sauna, dan ga ik met jou mee naar SnowWorld.'

'Deal!'

'Oké, dat regelen we binnenkort. Eerst morgen stappen en volgende week maandag naar die kijkavond. Ik wil zo graag op kamers.'

'Dat komt vast helemaal goed. En gedraag je morgen, hè?'

'Ik hoop dat dit een geintje is,' zeg ik op een serieuze toon. Ik heb ooit een vriendje gehad dat het nodig vond om mij overal en onophoudelijk te controleren. Dat altijd mee wilde als ik uitging en zelfs mijn sms'jes moest lezen. Dat wil ik nooit meer. Vreselijk, je leeft je eigen leven niet meer. Je wordt door iemand geleefd en zo hoort dat niet.

'Natuurlijk,' bevestigt Nick.

'Gelukkig maar. Ik haat het als mensen mij controleren. Ik houd van je en daar moet je op vertrouwen.'

'Natuurlijk schat, dat weet ik toch. Ik twijfel helemaal niet aan je, het was een grapje. Heus, echt waar. Ik wist niet dat je het zo persoonlijk zou opvatten.'

'Dat heeft te maken met een vorige relatie. Ik vertel het je nog wel een keer.'

'Oké. Ik ga ophangen, want ik moet nog eten voor het trainen en mijn spullen bij elkaar zoeken. Tot snel, we bellen of sms'en.'

'Is goed. Succes vanavond met trainen. Kus.' Ik maak een smakkend geluid door de telefoon en hoor eenzelfde geluid terug. Hmm, was hij maar hier. Een echte kus zou niet mis zijn.

*

Iris, Sanne en Eva staan op de stoep voor een paar uurtjes make-uppen, kleding passen en haren in model brengen. Dat is een soort van traditie voor het uitgaan. Dit alles onder het mom van samen tutten is veel leuker dan alleen.

'Kom binnen!'

'Ik kan niet wachten,' roept Iris, die bijna stuiterend binnenkomt.

'Op het feesten of op de jongens?' vraagt Eva.

'Allebei,' lacht ze.

'Ja, Iris, het wordt tijd voor een leuke en spannende date,' zeg ik in de hoop dat ze die sportschoolbarman nu eindelijk eens vergeet. 'En voor jou ook, Sanne,' voeg ik eraan toe. Ik kan niet wachten tot we vanavond in de disco zijn en ik uit al die jongens twee hunks uitkies voor mijn vriendinnen. Uiteraard onder begeleiding van Eva. Eva heeft tijdelijk genoeg van jongens, zij moet rust nemen en genieten van haar vrijgezelle leven. Althans, ik hoop dat ze dat doet en niet weer achter die bedrieger en huichelaar genaamd Stijn aan gaat.

'Kom op, dan gaan we naar boven. Ik heb de beautycase al klaargezet en de kasten al openstaan. Ook heb ik de carmenset in het stopcontact gedaan. En ik heb nog een krultang en een steiltang. Dus u roept maar, krullen of liever steil, alles kan in Mandy's wonderpaleis.'

We komen op mijn kamer aan en mijn vriendinnen liggen bijna krom van het lachen. Oké, ik geef toe: ik heb dit keer wel heel veel spullen klaargezet. Mijn kamer is een grote salon. Op mijn bureau liggen de krulset, een föhn, een krultang en een steiltang. Ook staat er een plantenspuit naast om de haren nat mee te maken. Een beautycase vol met lippenstift, oogschaduw en foundation. Er staan wel tien soorten geurtjes en vier verschillende flessen deodorant. Door het ruimtegebrek op mijn bureau staan de bussen haarlak en mousse en de potjes wax op de vensterbank, en op mijn bed liggen wel twintig paar schoenen.

'Jemig, wat heb jij er een grote bende van gemaakt,' lacht Sanne.

'Ja, nu ik zo in het rond kijk, valt me ook op dat er ontzettend veel uitgestald staat. Laten we het maar gebruiken dan.' Ik loop naar de kledingkast en zoek naar een mooie outfit.

'Ik weet het niet. Dit topje of toch die met die steentjes?' Ik houd ze een voor een voor mijn bovenlichaam.

'Doe die zwarte met die kleine kraaltjes maar, die is chic maar toch sexy,' zegt Eva.

'Laat het Nick maar niet horen,' lach ik. 'Straks denkt hij nog dat ik op versiertoer ben.'

Eva staat voor de spiegel en haalt haar handen door haar haren. 'Wie wil mijn haren doen?'

'Ik,' antwoordt Sanne. Natuurlijk, Sanne besteedt altijd veel aandacht aan haar eigen haren en ze vindt het ook leuk om anderen daarbij te helpen.

'Wat wil je? Krullen of liever steil?'

'Krullen, en dan zo'n mooie krullende lok langs mijn gezicht. Weet je wat ik bedoel? Zo'n pijpenkrul.'

'Ja, komt voor elkaar,' zegt ze en pakt de krultang. Het lijkt wel alsof ze kapster is, zo snel en behendig doet ze Eva's haren. Nog eenmaal haalt ze de krultang door een lok en ik draai me om en kijk in de spiegel. Ik zie er leuk uit, al zeg ik het zelf. Nog wat mascara en dan vind ik het wel geschikt. Dan hoor ik een gil en kijk ik meteen op. Een flinke klodder mascara komt op de grond terecht.

'Het wordt heet, heel heet. Haal dat ding eruit.'

Sanne trekt aan de tang, maar hij blijft vastzitten. Ze geeft een paar korte rukjes aan de tang, maar het mag niet baten. 'Help! Hij zit vast in jouw haren,' roept ze in paniek. Eva grijpt naar de tang en Sanne laat hem van schrik los.

'Trek de stekker eruit!' roep ik, maar ik ruik al een verschroeide lucht. Ai, dat zal best heet aanvoelen op je hoofdhuid. Sanne haast zich naar het stopcontact en trekt de stekker eruit. Intussen loop ik naar Eva en probeer haar haren los te maken van de inmiddels afkoelende tang. Ik zie allemaal kleine en korte haartjes, de haren zijn duidelijk verschroeid. Ach nee, arm kind. Ook Iris en Eva kijken heel meewarig.

Sanne heeft de tranen in haar ogen staan. 'Sorry, sorry! Dit is me echt nog nooit overkomen.'

'Het geeft niet,' zegt Eva dapper ondanks dat een deel van haar haren weggeschroeid is. Ze durft haast niet in de spiegel te kijken.

'En nu?' vraagt Sanne. 'O, het spijt me zo. Ik vind het echt erg, nu heb je door mij verschroeide haren. Hoe kon dit nu gebeuren?'

Eva haalt haar schouders op en knikt.

'Tja, puur pech,' zegt Iris om de stilte te doorbreken.

'We steken het op, dan zie je er niets van.' Ik pak meteen een paar klemmen en begin haar haren op te steken. 'Of wil je ze eerst nog wassen?'

'Nee hoor, flink wat haarlak eroverheen en dan ruik je er niets van.' Ik heb respect voor haar. Ze laat geen traan. Ik geloof dat ik in huilen zou uitbarsten. Mijn haren zijn echt heilig. Ik ga door met opsteken en als ik klaar ben, spray ik er een flinke dosis lak in.

'Je ziet er niets meer van,' zeg ik, en ook de anderen zien de verschroeide plek niet meer.

Eva kijkt tevreden. 'Goed werk!'

'Ik mag zeker nooit meer je haren doen,' zegt Sanne.

'Ben je mal. Dit had iedereen kunnen overkomen. Het groeit wel weer aan. Ik bel Mandy gewoon iedere ochtend uit bed om mijn haren te komen opsteken,' grijnst Eva en knipoogt. Er verschijnt een glimlach op het gezicht van Sanne. Gelukkig. Ze is er duidelijk van geschrokken.

Na nog een uur tutten zijn we dan eindelijk klaar. Het is altijd leuk en gezellig om te doen, maar als we dan eenmaal klaar zijn, dan ben ik ook wel weer blij.

'Moeten we die troep niet opruimen?' vraagt Iris.

'Ben je mal. Dat doe ik morgen wel.' Ik kijk in het rond. Dat zal nog een klusje worden, de bussen mousse en haarlak liggen op de grond. De complete inhoud van de kledingkast ligt op de grond, over de stoel en tussen de schoenen op het bed. Deur dicht en er is niemand die het ziet.

Het is elf uur, de eerste mensen gaan de discotheek binnen. We lopen achter hen aan naar de indrukwekkende bar die versierd is met roze palmbomen, bontgekleurde lampjes en *blacklight*. We bestellen caipirinha's. Niet te sterk en lekker koud, precies zoals ik het graag heb. Al swingend lopen wij naar de verlichte dansvloer.

'Zie je er echt niets van?' vraagt Eva en wijst naar haar haren.

Ik knik hoofdschuddend. 'Nee, je ziet het helemaal niet.'

'Gelukkig maar. Kijk daar, die jongen links in de hoek.' Haar ogen beginnen te twinkelen.

'Die had ik nog niet gezien, maar dat is een lekker ding. Zullen we hem voorstellen aan Sanne of aan Iris?' vraag ik.

'Ik vind het wel een type voor Iris. Hij is gespierd en komt stoer over. Dat past helemaal bij Iris.'

'Iris,' schreeuw ik in haar oor, 'Eva heeft een lekkere hunk voor je gespot.'

'Waar?' Iris tuurt om zich heen.

'Links in de hoek. Niet meteen kijken. Dat valt zo op.'

Iris draait in slow motion, heel onopvallend, haar hoofd om.

'Ja, hij is inderdaad lekker. Maar… Ik ga echt niet op hem af stappen.'

'Hij bijt heus niet.'

'Nee, dat weet ik ook wel. Jij hebt makkelijk praten, want jij hoeft het niet te doen.'

'O, maar dat wil ik best voor je doen.'

'Nee, je zet me voor schut,' zegt ze en terwijl ze deze woorden uitspreekt, stapt Eva op de jongen af. Iris draait snel haar hoofd om. Ze kent haar vriendinnen langer dan vandaag. Uiteraard blijf ik wel gluren. De jongen kijkt op als Eva hem op zijn schouders tikt. Nu pas kan ik hem écht goed zien. Hij is ontzettend *cute*! Hij draagt een mooi donkerblauw shirt. Zijn gezicht is perfect van vorm, zijn huid oogt glad en verzorgd en zijn donkerbruine ogen overtreffen alles. Deze jongeman is *mister perfect himself*.

'Iris, je laat hem toch niet lopen?' zeg ik.

'Jullie gaan er zomaar van uit dat hij mij ook wil.'

Sanne staat inmiddels vanaf een afstand de jongen te bewonderen. 'Iris, als jij hem niet wilt, dan neem ik hem.'

'Dus ook jij gaat er al van uit dat hij jou wil,' lacht Iris.

'Tja, we zijn toch ook allemaal superleuk!' ginnegapt ze.

Eva komt met de superhunk onze kant op.

Ze legt haar handen op zijn schouders. 'Meiden, dit is Sander.' Ze kijkt naar hem en zegt: 'Sander, dit zijn mijn vriendinnen. Ik ga wijntjes halen, ben zo terug.' En hup, weg is ze. Tja, Eva is me een mooie. Eerst regelt ze een leuke jongen, stelt hem binnen drie seconden voor en dan taait ze *in no time* af.

Ik wijs naar Sanne en Iris. 'Dit zijn mijn vriendinnen Sanne en Iris, en ik ben Mandy.'

Sander knikt en steekt zijn hand uit. Eva komt teruggelopen met een dienblad vol wijn en bier. Lekker, een wijntje. Daar heb ik echt zin in. Met de glazen nog in onze handen beginnen we te swingen. We hupsen lachend van de ene verlichte tegel naar de ander. Opeens staat Iris met Sander in een stil hoekje van de discotheek. Ze denkt zeker dat het ons niet opvalt. Ha, dat heeft ze dan mooi mis! Hij legt zijn handen op haar billen en zij de hare om zijn nek.

Ik stoot Eva en Sanne aan. 'Kijk! Daar in de hoek.'

Eva lacht. 'Ze gaan zo zoenen, wedden?'

Sanne knikt en zegt: 'Daar gaat mijn droom.'

'We vinden voor jou ook nog wel iemand,' zeg ik geruststellend.

Iris buigt zich naar Sander en zoent hem.

Eva glimlacht. 'Dat heb ik toch maar goed geregeld,' zegt ze met een tevreden lach op haar gezicht en op dat moment breekt Iris de zoen abrupt af. Wat doet ze nu? Ze schreeuwt wat in Sanders oor en loopt dan naar ons toe.

'Wat doe je?' vraag ik. 'De kans van je leven, en jij laat hem daar alleen staan?' Ik kijk naar Iris en dan naar de plek waar Sander zojuist stond. Er is niemand meer te bekennen, hij is weg.

'Wat heb je tegen hem gezegd?'

'Gadverdamme. Hij stonk uit zijn mond en zoenen kon hij ook al niet. Per tongzoen wordt er negen milligram speeksel uitgewisseld heb ik een keer in een tijdschrift gelezen, maar bij Sander leek het wel een complete waterval. Daarbij duwde hij zijn tong zo diep achter in mijn keel, dat het leek of hij mijn amandelen wilde knippen.'

'Smerig!'

'Wat schreeuwde je in zijn oor?' vraagt Sanne.

Iris lacht. 'Ik heb gevraagd of hij vaker een staafmixer nadeed.'

'O, wat ben jij gemeen,' zegt Eva. 'Hij is vast meteen naar huis gegaan, want hij is nergens meer te zien.'

'Ik heb er geen medelijden mee. Bah, ik proef die vieze smaak nog steeds in mijn mond. Ik ga drinken halen om die gore nasmaak weg te spoelen. Wijn, flink veel wijn, dat helpt vast. Jullie ook?'

Wij knikken.

Aan het eind van de nacht moeten we de discotheek uit. Het is sluitingstijd volgens de *security*. Wij protesteren nog, maar het mag niet baten. De muziek stopt, de jassen worden in onze handen gedrukt en de deuren staan wagenwijd open.

'Wat een avond,' lalt Iris.

'Inderdaad. Het begon met het krultangincident van Eva en eindigde met het watervallendrama van Iris en Sander.' We lachen.

'Bah, het was echt zo smerig,' zegt Iris en trekt er een snoet bij alsof ze een of ander levend insect moet opeten.

'Ja, ik ben blij dat ik niet met hem zoende,' zegt Sanne.

Na een mega-eind fietsen – het valt ook niet mee in het donker met heel wat wijn op – komen we op een punt waar iedereen een andere kant op moet.

'Het was reuzegezellig, ondanks de kleine foutjes,' zeg ik jolig.

De anderen knikken en roepen in koor: 'Welterusten. Sms'en als je thuis bent aangekomen, hè. Doeg!' Iedereen gaat een andere richting uit en ik fiets als een razende naar huis. Ik ben stiekem best bang in het donker. Mijn telefoon houd ik in mijn hand, zodat ik kan doen alsof ik aan het bellen ben. Idioot eigenlijk, maar toch handig. Binnen vijf minuten kom ik hijgend bij de achterdeur aan. Zachtjes – voor zover dat mogelijk is als je zat bent – loop ik naar mijn slaapkamer. Ik open de deur en zie de enorme bende weer. O, dat is waar ook. Helemaal vergeten. Ik loop terug naar de badkamer, de deur van mijn moeders slaapkamer staat wagenwijd open. Vreemd, normaal doet ze hem altijd dicht als ze gaat slapen. Voorzichtig zet ik een stapje in haar kamer en ik zie dat haar bed leeg is. Aha, dan is ze vast weer bij 'een vriendin' logeren. Ik geloof er geen bal van. Ik loop naar beneden om te zien of daar een briefje ligt. Ja hoor, op de achtertafel ligt een klein geel papier-

tje, dat heb ik net met mijn zatte kop over het hoofd
gezien.

Mandy,
Ik ben bij Suzanne slapen. Morgenmiddag kom ik weer thuis. Ik
heb afbakcroissantjes in de broodtrommel liggen. Ik hoop dat je
een leuke avond hebt gehad. Welterusten en tot morgen.
Kus

Zie je wel, ze is weer weg. Ik weet zeker dat ze ergens een
geheime lover heeft. Ik grijns. Ik kom er wel achter wie het
is. Let maar op. Ik loop weer naar boven en pak mijn telefoon. Nog even mijn vriendinnetjes sms'en dat ik thuis
ben.

Ben thuis. Was gezellig. Trusten. xxx

Stapels kleren en schoenen liggen op mijn bed. Mijn moeder is toch niet thuis, dus met een harde ruk trek ik aan het
dekbed zodat alle kleren en schoenen met veel kabaal op de
grond kletteren. Het maakt meer herrie dan ik dacht en ik
schrik er zelf van. Ik doe mijn kleren en schoenen uit, gooi
ze bij de andere kledingstukken op de grond en kruip met
mijn bonkende hoofd het bed in.

3

Laat de kamerjacht maar beginnen. *I'm ready*! Dit keer geen vieze en oude, geile mannetjes maar lekkere hunks. En zij mogen natuurlijk hun gulp best open laten staan. Zelfs een T-shirt met vlekken maakt me niets uit. Het gaat immers toch om wat eronder zit. Ik grinnik. Met die gedachte in mijn hoofd stap ik het bed uit om te gaan douchen. Ik moet straks nog huiswerk maken en ik wil naar Nick. Het is vast zo acht uur. Ik kan bijna niet wachten, ik wil zo graag een kamer voor me alleen. Ik geef toe, nu is mijn moeder ook bijna niet thuis, maar toch is het anders. Ik wil gezellig in een huis met meiden en jongens. Bovendien kan ik dan op mijn kamer uitspoken wat ik wil zonder dat mijn moeder het in de gaten heeft. Krakende bedden zijn zo irritant.

Eenmaal gedoucht en aangekleed zit ik met een boterham met een dikke laag chocoladevlokken en een glas multivitaminesap aan tafel.

'Hoef je niet naar school?' vraagt mijn moeder.

'Nee, ik ben vrij vandaag. Ik ga huiswerk maken en ik wil nog naar Nick.'

'Oké.'

'Ik ga vanavond trouwens een kamer bezichtigen.'

Ze kijkt me belangstellend aan. 'Had je dat laatst niet ook al gedaan?'

'Eh jawel, maar... Dat liep een beetje anders dan ik dacht.'

'Want?'

'Zou jij een kamer willen in een huis waarvan de eigenaar een onfatsoenlijke man van rond de vijftig is die op de zolder van het studentenhuis slaapt? En dat druk ik nog netjes uit.'

'Nee, er is nog geen haar op mijn hoofd die daaraan denkt.'

'Precies, dus ik ben weer naar huis gegaan. Vandaag hoop ik leukere potentiële huisgenootjes te ontmoeten.' Dan beeld ik me die leuke jongen weer in. Hij heeft een vies T-shirt aan, maar als ik binnenkom trekt hij dat uit en gooit het in de hoek. 'Excuus, ik heb net geknoeid.' Zijn bovenlijf ziet er goddelijk uit. Heerlijk, deze jongen gaat vast een paar keer per week naar de sportschool. Had hij ook maar op zijn broek geknoeid...

Dan hoor ik mijn moeder zeggen: 'Hallo, ik praat tegen je!' Ik schrik ervan en de jongen verdwijnt abrupt uit mijn gedachten. Waar hadden we het eigenlijk over?

'Ik was met mijn gedachten ergens anders.'

'En waar dan?'

'O gewoon, bij een leuke jongen,' glimlach ik.

'Nick zeker. Ga hem maar snel bellen.'

Ik slik even. Daar zouden mijn gedachten wel moeten zijn, maar een beetje fantaseren mag best. Of toch niet? 'Goed plan,' zeg ik en stop het laatste stukje boterham in mijn mond.

Met het glas multivitaminesap nog in mijn hand loop ik de trap op. Ik kan niet wachten om Nick te zien. Vliegensvlug toets ik het nummer in. De telefoon gaat over en over. Ik hoor dezelfde monotone pieptoon. Dan gaat hij over op de voicemail: 'Dit is de voicemail van Nick, spreek een bericht in na de piep. Als ik het belangrijk genoeg vind, bel ik wel terug.'

Tja, typisch Nick. Eerlijk en direct. Ik mag hopen dat hij mij belangrijk genoeg vindt.

'Dag schat, met mij. Ik ben vanmiddag vrij en wil bij je langs komen. Ben je thuis? Of zit je nog op school? Ik hoor het wel. Dikke kus.'

Ik zet mijn laptop aan en begin aan mijn huiswerk. De telefoon ligt er precies naast en ik betrap mezelf erop dat ik er om de minuut een blik op werp. Waarom weet ik ook niet. Hij gaat niet ineens over als ik ernaar kijk en ik krijg ook niet op commando een sms'je.

Het is halfvijf en ik heb nog steeds niets gehoord van Nick. Verdorie! Is het zoveel moeite om terug te bellen? Nu bekijkt hij het ook maar. Vanavond hoeft hij niet meer te komen en ik ga ook niet naar hem toe. Ik ga wel naar die jongen met dat ontzettend lekkere ontblote bovenlijf. Oei, wat zal dat tegenvallen als ik straks weer een oude vent tegenkom.

*

Het is tien voor acht en ik arriveer op Passerweg 15. Ik probeer heel vastberaden naar de voordeur te lopen, maar het lukt niet echt. Hoe kun je zelfverzekerd lopen met shakende benen? Bah, waarom ben ik dan ook zo zenuwachtig? Je weet maar nooit, straks word ik al gekeurd voordat ik het in de gaten heb. Zitten ze stiekem met zijn allen voor het raam te kijken wie er aanbelt. In mijn hoofd hoor ik al stemmetjes: iehhh die is lelijk, wat een tutje, wat een afschuwelijke jas, moet je die schoenen zien! Dat is pas een kansloos, seksloos typje. Ik kijk om me heen, maar zie niets of niemand. Ik druk op de bel en kijk naar het wc-raampje. Wie weet gluren ze daar wel doorheen. Hè, Mandy, je lijkt wel paranoïde. Je kijkt vast te veel films.

Er wordt opengedaan door een jongen met een witte blouse zonder vlekken. Balen, geen vlekken!

'Zonde van de blouse,' zeg ik mompelend zonder dat ik het echt in de gaten heb.

'Zonde van de blouse?' vraagt de jongen.

Shit, hij heeft het gehoord. Help! Ik voel hoe mijn wangen warm worden en mijn handen beginnen te plakken. Sukkel, waarom praat je dan ook tegen jezelf. Misschien moet ik toch eens denken aan een cursus 'hoe red ik mezelf uit gênante situaties'.

'Er zitten geen vlekken op.'

'Er zitten geen vlekken op?' vraagt de jongen nog verontwaardigder dan hij al was.

Mandy, trut die je bent. Je moet niet alles zeggen wat je denkt. Het liefst wil ik oplossen in het niets. Verdwijnen onder de vloer, *or whatever*... Weg uit deze onhandige situatie.

Ik probeer mijn stomme actie te verdoezelen. 'Ik houd van blouses met vlekken. Ken je die niet? Die zijn helemaal in nu.' Kun je met een rode kop nog wel iets verbloemen? Ach, wat kan mij het ook schelen. Ik heb het er toch alweer uitgeflapt.

'Nee, die ken ik niet. Kom verder,' zegt de jongen nog verbouwereerd.

Voorzichtig stap ik over de hoge drempel heen. Het zal me niet gebeuren dat ik struikel, want mijn binnenkomer is toch al niet zo lekker.

'Loop maar mee naar de gezamenlijke keuken.' Ik doe

wat hij zegt, met knikkende knieën loop ik mee naar de keuken waar nog twee jongens en twee meiden zitten.

'Ik ben Jasper.' Aha, dat is die jongen die ik aan de telefoon had. 'En dit zijn mijn huisgenoten. Wij willen jou een aantal vragen stellen en daarna geven wij je een rondleiding.'

'Prima,' zeg ik rustig, maar vanbinnen bonkt het waarschijnlijk net zo hard als het hart van een olifant.

Een van de meisjes gebaart naar me dat ik mag gaan zitten.

Voorzichtig trek ik een stoel van de keukentafel af. Hij ziet zo gammel, dat ik bang ben dat de leuning afbreekt.

'Zo, Mandy,' zegt Jasper. 'Wat voor fruit zou je willen zijn?'

Wat is dit nu weer voor een vraag? Help, waar ben ik terechtgekomen. Mijn wangen lopen vast en zeker rood aan, want ik voel mijn lichaamstemperatuur stijgen. Een tomaat zou hier wel op zijn plaats zijn, maar dat is een groente. 'Een banaan,' antwoord ik. Waarom weet ik zelf ook niet, ik moet toch iets zeggen.

'Wat voor dier zou je willen zijn?' Tjonge jonge, wat zijn dit voor een vreemde vragen. Ik kan hier niet meer serieus op reageren.

'Een aap, want ik ben – zoals jullie net te weten zijn gekomen – dol op bananen.' De meiden giebelen en ook op de gezichten van de jongens verschijnt een klein glimlachje. *Yes*, punten gescoord!

'Aha, en met wat voor verkeersbord zou jij jezelf willen vergelijken?' vraagt een van de meisjes. Mijn hemel, wat moet ik daar nu weer op antwoorden. De vraag van het fruit was al moeilijk genoeg.

'Ik heb geen snelheidslimiet.' Dan begint iedereen hardop te lachen. Zal ik iets vragen? Ik doe het gewoon. Kan mij het schelen. Het zijn leuke mensen en ze kunnen blijkbaar wel tegen een grapje.

'Mag ik ook een vraag stellen? Wat voor fruit zouden jullie het liefst willen zijn?'

De meiden en jongens kijken verbluft naar mij. 'Ik ben namelijk allergisch voor kersen. O, en trouwens ook voor die witte borden met rode rand met het getalletje vijftig,' voeg ik eraan toe voordat iemand antwoord heeft gegeven.

Alweer beginnen ze te lachen. 'Ik mag jou wel,' zegt het meisje dat links in de hoek aan de keukentafel zit. 'Zal ik je een rondleiding geven?'

'Prima. Ik ben benieuwd hoe het huis eruitziet. En natuurlijk ben ik nog nieuwsgieriger naar de kamer waarvoor een nieuwe huurder wordt gezocht.'

Het meisje staat op, steekt haar hand uit. 'Ik ben Simone.'

'Leuk om kennis te maken.'

'Loop maar met me mee, dan gaan we naar boven.' Ik loop achter haar aan en op de weg naar de eerste verdieping kom ik een paar verdwaalde sokken tegen. Geeft niks, ik weet dat het veel erger kan. Het meisje loopt naar de deur waarop het bordje 'Betreden op eigen risico' hangt. Het is vast een jongenskamer, meiden hangen zoiets niet op.

'Er slaapt nu een jongen op deze kamer, dus let niet op de troep.'

Ik begin te lachen en wijs naar het bord. 'Dat dacht ik al.'

'Precies. We zijn blij dat hij weggaat. Het is echt zo'n pubertje dat het leuk vindt om posters van naakte meiden op te hangen en bordjes zoals niet betreden en dergelijke.'

'Zo'n seksueel gefrustreerd jongetje,' zeg ik met de nadruk op -tje.

Simone begint te lachen. 'Precies. Het lijkt me veel gezelliger als jij hier komt wonen.'

'Ik zou het graag willen.' Ik sta midden in de kamer van

twintig vierkante meter en kijk aandachtig rond. Het is een mooie kamer, maar je moet wel door de zooi heen kijken. Als je de vijftig bierflesjes, vier versleten spijkerbroeken en de lege zakken chips van de grond haalt, komt er nog mooi laminaat tevoorschijn ook. Ik saus de muren in een fris kleurtje, want die donkere muren bevallen me niet zo goed. Ik weet niet wat de kleur is, het zit tussen zwart en blauw in. Ik gooi er iets van rode of roze verf op, lekker vrolijk. Of van dat zwart-wit gestreepte behang. Ja, dat doe ik. Dan zet ik in de hoek zo'n mooie zilverkleurige of zwarte barokstoel. In gedachten zie ik me al helemaal wonen op dit kamertje.

'De huur bedraagt driehonderdvijftig euro, dat weet je, hè?'

'Ja dat weet ik,' antwoord ik, 'maar dat is het me meer dan waard.'

'Ik zal je ook de badkamer laten zien.' Met zijn tweeën lopen we ernaartoe.

'Hij is niet groot, maar hij heeft wel een lekkere douche. We delen de badkamer met zijn allen, dus het is aanpassen geblazen. Oftewel: bezet is bezet, en dan zit er niets anders op dan wachten. We hebben ook een gezamenlijke wasmachine. Voor een paar euro in de maand kun je onbeperkt wassen. Ik moet nazoeken wat het precies kost, dat weet ik zo niet. Het wordt automatisch afgeschreven. Ook al kijk ik iedere dag op mijn rekening of er nog geld op staat en of mijn salaris al geboekt is, naar dat bedrag kijk ik eigenlijk nooit. Stom, hè?'

'Nee, dat kan ik me wel voorstellen. Inkomsten zijn leuker dan uitgaven, nietwaar? Hoe is de huisbaas eigenlijk?'

'Dat is een toffe peer. Een vent van rond de zestig. Hij komt hier zelden, behalve als er iets kapot is, en over het algemeen maakt hij dat vrij snel. We mogen zeker niet klagen, er zijn veel slechtere,' zegt Simone.

'Ik ben pas bij een huis wezen kijken waar de huisbaas, een ik schat vijftigjarige man, op de zolder in het huis sliep.'

'Dat meen je niet. Wat walgelijk! Nee, maak je niet druk. In dit huis wonen alleen studenten.'

'Gelukkig maar. Je weet nooit waar je terechtkomt, hè.'

'Je kunt beter een paar studenten hebben die heel melig zijn en vragen met wat voor verkeersbord je jezelf kunt vergelijken, dan bij een oude vent in huis wonen, nietwaar?' grapt Simone.

Ik begin te lachen. 'Ik voel me hier al aardig thuis.'

'Meid, ik ga ontzettend voor je pleiten. Het lijkt me erg leuk om jou als huisgenote te hebben. Volgens mij kan ik veel lol met je maken.'

'Bedankt. Ik hoop ook dat ik deze kamer krijg. Ik ben het zat om bij mijn moeder te wonen. Het is leuk, maar op een gegeven moment wil je onder moeders vleugels uit en lekker op jezelf gaan. Bovendien kun je dan ongestoord je gang gaan.'

'Heb je eigenlijk een vriendje?'

'Ja, Nick. We zijn nog niet zo lang samen.'

'Leuk. Ik heb ook een vriend, al gaat het niet zo goed tussen ons. Lang verhaal. Als je hier komt wonen, zal ik het je vertellen.' Simones opgewektheid is een één klap verdwenen. Op haar gezicht verschijnt een droevige uitdrukking. Ze fronst haar wenkbrauwen en de brede lach op haar gezicht is verdwenen. 'Laten we nu maar naar beneden gaan, anders vragen ze zich af waar we blijven.'

'Prima. Gaat het wel met je?'

'Jawel,' zegt ze dapper en slikt vluchtig. Ik heb de neiging om een arm om haar heen te slaan, maar zoiets doe je niet op een eerste ontmoeting. Ik ken haar amper, maar ze is aardig en vrolijk en dan ineens slaat ze zo om. Wat zou er met haar aan de hand zijn? We lopen de trap af en alweer komen we langs de sokken. Het valt me nu pas op dat het sokken van Garfield zijn, in een grote maat. Een herenmaat zo te zien. Het kan dus nóg erger dan ruitjes-sokken.

We zijn weer beneden en ik zeg: 'Ik heb nog een vraag-je, mag dat?'

'Natuurlijk,' zeggen ze in koor.

'Wie draagt hier Garfieldsokken?'

Jaspers gezicht transformeert in de kleur van een tomaat.

'Eh, die heb ik voor mijn verjaardag gekregen, was een grapje,' stottert hij.

'Het geeft ook niets, ik vind ze hartstikke mooi.' Ik glim-lach en geef hem een dikke knipoog. 'Ik zal jullie niet lan-ger tot last zijn. Ik vind het een leuk en gezellig huis. Ja, het bevalt me hier wel. De vraag is of ik jullie beval. Wanneer kan ik bericht verwachten?'

'Uiterlijk aan het eind van volgende week,' antwoordt Jasper.

'Prima, ik wacht in spanning af.'

Jasper loopt met me mee naar de voordeur. 'Bedankt voor je komst. Je hoort van ons. Doeg!'

*

Opgewekt kom ik thuis aan. Ik zwaai de huiskamerdeur open en vang nog net de laatste woorden op van mijn moe-der, die aan het telefoneren is.

'Ik heb zin in je? In wie heb je zin?' vraag ik haar nadat ze het gesprek wel heel abrupt heeft afgebroken.

'Ik heb zin in een bak ijs, jij ook? Dan ga ik nu naar de snackbar om ijs te halen.'

'Mam, je maakt mij niet wijs dat je net een bak ijs aan de telefoon had en tegen hem zei: ik heb zin in je.'

'Eh… Nou… Eh, toevallig wel. Wil je ook ijs of niet?'

'Nee, ik heb geen zin in ijs. Vertel nu maar gewoon de waarheid.'

'Er is niets, Mandy. Het was privé en ik heb geen zin om dat met jou te bespreken.'

Zie je wel, mijn moeder is verliefd en ik mag het niet weten. Ze draait eromheen, maar hier komt ze mooi niet mee weg. 'Wanneer stel je hem aan me voor?'

Ze kijkt me streng aan. 'Mandy, stop ermee. Ik wil het er niet over hebben.'

'Ik wel en ik houd niet op. Je bent veel weg de laatste tijd. Niet dat het uitmaakt, maar je bent mijn moeder. Je kunt mij toch wel vertellen dat je een nieuwe liefde hebt ontmoet.'

'Vooruit, omdat je zo aandringt. Ik heb inderdaad iemand leren kennen. Ik stel hem pas aan je voor als het serieuzer is. Meer wil ik er niet over kwijt.'

'Hoe heet hij?'

'Meer wil ik er niet over kwijt, zei ik. Ik praat toch geen Arabisch. Vertel, hoe was je kijkavond?'

Ik twijfel even. Moet ik blijven doordrammen? Nee, dat is niet handig. Mijn moeder kennende vertelt ze toch niets meer. 'De kijkavond ging goed. Ik denk niet dat je binnenkort nog last van me zult hebben. Dan kun je uren aan de telefoon praten over alle pikante details die je maar wilt, niemand die je horen zal,' plaag ik. 'Sterker nog, je kunt hem hier thuis uitnodigen zonder dat ik hem zie.'

Ze negeert mijn opmerkingen. 'Heb je die kamer dan gekregen?'

'Dat weet ik nog niet. Dat hoor ik eind volgende week.' Ik vertel over het soort fruit, de verkeersborden en de Garfieldsokken.

'Vroeger, toen ik op kamers ging, was dat ook al een ramp. Je maakte de gekste dingen mee. Ik kwam een keer in een niet-rokers huis, vond ik wel prettig vanwege mijn astma. Wat denk je dat ik daar aantrof? Een grote walm van het blowen. Tja… Roken mocht niet, maar blowen blijkbaar wel.'

'Dat meen je niet?'

'Ja, dat was echt een lachertje. Of die keer dat ik naar een kijkavond ging en er in dat studentenhuis nog drieëndertig potentiële kandidaten stonden.'

'Ik hoop niet dat ik dat ook nog allemaal moet meemaken. Geef mij maar gewoon die kamer in dat huis waar ik net geweest ben. Zag er prima uit. Leuke mensen. Ik hoop het zo! Eindelijk een kamer voor me alleen, niemand die me stoort.'

'Ja meid, op kamers, dat hoort bij je ontwikkeling. Helemaal leuk. Ik ga voor je duimen dat ze jou kiezen.'

'Ga dan nu die bak ijs maar halen.'

'Echt?'

'Ja, je had toch zo'n ontzettende zin in ijs,' grap ik. 'Een beker met slagroomijs en nootjes.'

'Vooruit dan maar.'

Als mijn moeder ijs halen is, denk ik aan Nick. Hij heeft me helemaal niet meer teruggebeld en zelfs geen sms'je gestuurd. Lekker is dat weer! Ik dacht echt dat hij het meende toen hij zei dat hij meer aan mij zou denken. Ik pak mijn telefoon en tik een berichtje.

Nick, de kijkavond ging goed.

Zal ik er een kusje achter typen? Of ik houd van je? Een paar seconden twijfel ik, maar dan druk ik zonder kusje of ik houd van je op verzenden.

Ik heb nog geen kans gekregen om mijn telefoon weer terug op tafel te leggen of hij gaat al over. Dat zal Nick zijn.

'Mandy,' zeg ik mat.

'Schat, met mij. Ik heb je voicemail wel afgeluisterd, maar ben het glad vergeten. Ik wilde je terugbellen, maar toen kwam ik een oude vriend van me tegen en daarna ben ik het helemaal vergeten. Het spijt me.'

'Dat hoop ik, want de volgende keer hak ik een vinger eraf. Dan begin ik met één en als je niet oppast heb je er na een paar weken geen meer. En geloof me, met stompjes kun je niet veel.'

'Haha, heel grappig. Hoe was de kijkavond?'

'Goed.' De lamp bij de voordeur springt aan, daar is mam weer.

'Ik ga ophangen. Mijn moeder heeft ijs gehaald en dat ga ik nu eten. Ik spreek je snel.'

'Oké,' klinkt er verbaasd aan de andere kant van de lijn. Tja, nu is hij verbluft. Hij bekijkt het maar, nu heb ik geen tijd voor hem.

'Ik heb er zin in,' zeg ik en op dat moment komt mijn moeder binnengelopen. Ze kijkt verbaasd, maar ondeugend tegelijk.

'Ik ga ophangen. Doeg.'

'Zo, betrapt. Vertel dame, waar heb je zin in?' vraagt mijn moeder.

'In ijs.'

'Ja ja, dat zal wel. Jammer dat je nog geen eigen kamer hebt, hè, nu moet je alles stiekem doen,' plaagt ze.

'Het ging echt over ijs.'

Mijn moeder knipoogt. 'Laten we gaan eten, anders smelt het.'

*

Ik ben druk bezig om de aantekeningen van de sheets over te nemen. Op dinsdag hebben wij altijd arbeidsrecht en aantekeningen maken is daarbij een must.

'Shit!'

'Wat is er?' vraagt Eva, die druk aan het schrijven is.

'Mijn telefoon gaat.'

'Gewoon opnemen. Dat heeft die vent toch niet in de gaten. Het is hartstikke rumoerig in de klas.'

'Kan mij het ook boeien,' zeg ik en neem de telefoon op. 'Met Mandy.'

'Met Nick. Hoe gaat het met je?'

'Ik zit op school, je had geen beter moment kunnen uitkiezen om te bellen.'

'O, ik wist niet dat je les had. Waarom neem je dan op?'

'Goede vraag. Ik heb helemaal geen zin in jou, dus ik ga ook weer ophangen. Doeg,' zeg ik en druk de telefoon uit.

Eva kijkt me nieuwsgierig aan. 'Zo, die zit! Vanwaar die botheid? Wie was dat?'

'Nick natuurlijk. Die lul belt me alleen wanneer het hem uitkomt. Nu heb ik geen tijd, laat hem lekker in zijn sop gaarkoken.'

'Wat is er gebeurd?'

De leraar onderbreekt ons. 'Dames, jullie verstoren de les. Willen jullie liever keuvelen? Prima, maar verlaat dan het lokaal. Als je iets wilt leren, blijf dan hier en luister.'

'Ik dacht nog wel dat hij het niet in de gaten had. Mijn telefoontje heeft hij ook niet gehoord, waarom ons gesprek dan weer wel,' fluister ik.

'We praten na de les verder.'

Ik knik.

Aan het einde van het lesuur ben ik helemaal gaar van alle juridische termen. Ik gris mijn spullen bij elkaar, mik ze in de tas en verlaat het lokaal.

'Vertel snel verder,' zegt Eva.

'Ik belde Nick gisterenmiddag om te vragen of hij nog

langs wilde komen voordat ik naar die kijkavond zou gaan. Ik sprak zijn voicemail in en 's avonds tegen tien uur belde hij pas een keer terug.'

'Meid, dat kan toch. Hij had het gewoon druk.'

'Hij belde niet uit zichzelf terug, pas nadat ik een sms'je had gestuurd.'

'O, hij was het vergeten?'

'Ja, en zo gaat dat steeds. Ik heb het gevoel alsof hij helemaal niet gek op me is.'

'Ik dacht dat je daar met hem over gesproken had?'

'Klopt, en ik dacht ook echt dat hij meer aan me zou denken, maar helaas. Ik ben niet belangrijk genoeg denk ik.'

'Of hij is echt een vergeetachtige kluns. Die mensen bestaan en kunnen heel lief zijn. Ga een dagje met hem weg, er lekker tussenuit met zijn tweeën. Een hele dag voor jullie samen, misschien is het dan heel anders.'

'Je hebt gelijk. We gaan een keer – al moeten we het nog wel plannen – naar de sauna, maar dat is natuurlijk net iets waar Nick een hekel aan heeft, dus of dat gezellig wordt?'

'Waarom doen jullie dan niet iets wat jullie allebei leuk vinden?'

'Dat bestaat niet!' zeg ik resoluut.

'Het is me wel een relatie, zeg. Zo'n gek stel heb ik nog nooit meegemaakt,' lacht ze.

'Moet jij zeggen. Hoe is het eigenlijk met Stijn? Geen contact meer hoop ik?'

Eva geeft geen antwoord op mijn vraag. 'Hoe was jouw kijkavond?'

'Je denkt zeker dat je me met deze afleidingsmanoeuvre om de tuin kunt leiden. Mooi niet, dametje. Hoe is het nu tussen jou en Stijn?'

'Je bent het er toch niet mee eens, dus je kunt het ook maar beter niet weten,' zegt ze met een afgezwakte stem.

'Jawel, ik wil het wel weten. Kom, Eef, wat is er gaande?'

'Ik zie Stijn weer regelmatig en het gaat beter dan ooit. Ik weet dat je het stom vindt en ik weet ook dat Stijn me bedrogen heeft, maar hij is anders. Echt, hij is zo lief voor me.'

'Dus als ik het goed begrijp hebben jullie weer een relatie?'

'Dat weet ik zelf nog niet zo goed. Niemand weet het nog en we doen het rustig aan.'

'Tja, wat moet ik erop zeggen? Je kent mijn mening, maar ik wil ook dat je gelukkig wordt en als jij denkt dat je happy kunt worden met Stijn, dan ben ik de laatste die je tegen zal houden.'

'Lief van je. Ik zie wel hoe het verder gaat tussen Stijn en mij. Voorlopig wil ik het rustig aan doen.'

'Slim. En je weet het, hè, als je wilt praten kun je altijd bij mij terecht.'

'Dank je wel. En nu… Vertel op! Hoe was de kijkavond?'

Ik vertel over de vragen die ze me voorlegden.

'Een verkeersbord? En jij geeft het antwoord: ik heb geen snelheidslimiet. Geniaal! Jij krijgt die kamer, anders weet ik het ook niet meer.'

'Ik hoop het zo. Dan kan ik lekker met jullie gaan winkelen en klussen. Het lijkt me fijn, een plek voor mezelf. Helemaal voor mij alleen.'

'Zeker. Ik mis dat nu wel een beetje. Eerst woonde ik altijd bij Stijn, dat is het voordeel van een oudere vriend, hè. Hij had lekker zijn eigen stekkie en ik vermaakte me prima daar. Nu ik weer tijdelijk bij mijn ouders woon, mis ik mijn vrijheid echt.'

'Ja, hè. Ruim je sleutels op, smijt niet met de deuren, veeg je voeten eens een keer. Dat gezever krijg je dan.'

'Precies,' lacht Eva.

'Het meisje dat me rondleidde, was trouwens erg aardig.

Ze zou best in onze vriendinnengroep passen. Ze was vrolijk, enthousiast en ze beloofde me om haar best voor mij te doen. Ze vond het leuk als ik er kwam wonen.'

'Super hoor! Ik ben benieuwd, een vriendin erbij is altijd goed, toch?'

'Absoluut.'

'Wanneer hoor je eigenlijk of je die kamer krijgt?'

'Eind volgende week. Duim je voor me?'

'Beloofd,' zegt ze.

*

Mijn avondeten is op en ik hang voor de televisie. De telefoon gaat. Zul je altijd zien, na een drukke schooldag zit je lekker op de bank en dan word je gebeld. Ik kijk op het scherm. Het is Nick. Zal ik opnemen? Ik twijfel, maar besluit het toch te doen. Ruzie is ook niets, daar slaap ik slecht van.

'Schat, met mij. Je moet me vertellen hoe ik het beter kan doen. Ik voel me hartstikke klote. Wil je even langskomen?'

Ik twijfel. Heb ik zin om vanavond de deur uit te gaan? Laat ik het maar gewoon doen. We zullen zien hoe het afloopt. Bovendien, mam heeft avonddienst, dus ik ben toch maar alleen. 'Oké, dat is goed.' Ik kijk op mijn horloge. Het is exact zeven uur. 'Ik kom nu naar je toe. Ik ben er over een kwartier.' Dat is het voordeel van nog thuis wonen. Nick en ik wonen dicht bij elkaar in de buurt en dat is wel handig.

'Oké, fijn. Tot zo.' Nick verbreekt de verbinding. Ik pak mijn jas, gris de sleutels van het haakje en loop naar de schuur om de fiets te pakken.

Een kwartier later sta ik bij Nick op de stoep. Wat een timing!

'Hoi,' zegt Nick als hij de deur opendoet. Hij buigt zich naar me toe, maar doet dan weer een stapje terug. O jee, ik heb hem wel erg laten schrikken. Hij durft me niet eens een zoen te geven. Wat boeit het ook. Het komt mij wel goed uit dat hij zo geschrokken is. Laat hij maar wat meer zijn best doen. Kruipen moet hij, zou Iris zeggen. Ik grinnik en Nick vraagt: 'Wat is er?'

'Binnenpretje,' lach ik terwijl we de woonkamer binnenlopen. 'Is je vader niet thuis?'

'Nee, hij moet overwerken en komt vanavond pas laat thuis. Mijn broertje speelt een spelletje boven op de computer, dus daar hebben we ook geen last van.'

'Je broertje, moet hij niet al naar bed?' grap ik.

'Hij mag dan wel een nakomertje zijn, maar helaas is hij geen kleuter meer. Sinds hij in de brugklas zit, is hij een echte puber geworden. Tot diep in de nacht doorgaan met zijn computerspelletjes, geen huiswerk maken en het wedstrijdje 'wie laat de hardste boer' is ook helemaal in, tot grote ergernis van mijn vader.'

'Nog geen plannen om uit huis te gaan?'

'Nee, ik heb het hier prima naar mijn zin.'

Ik zucht. 'Misschien moet ik toch ook maar een iets oudere vent zoeken.'

'Wat? Wat doe ik toch allemaal fout? Ben ik fout als ik nog thuis woon? Als ik een keer vergeet terug te bellen?'

'Nee, je mag best thuis wonen, maar je gedraagt je zo onvolwassen.'

'Ik ben gewoon een sukkel eerste klas. Een enorme chaoot en ik vergeet vaak dingen. Het spijt me, zo ben ik nou eenmaal. Dat betekent niet dat ik niet van je houd en dat ik niet nieuwsgierig ben naar jouw zoektocht naar een kamer.'

'Ik zie je gewoon veel te weinig. Ik ben iemand die houdt van spontane acties en verrassingen. Ik ben ontzettend gek op je, maar ik heb het idee dat ik niet terugkrijg wat ik jou geef.'

'Wat moet ik dan doen?'

'Tja, als ik je dat vertel dan zijn het geen verrassingen meer. Wees romantisch, spontaan, bespring me wat mij betreft, onderneem actie.'

Nick aarzelt geen seconde. Hij duwt me plat op de bank en begint me hevig te zoenen. Zo letterlijk bedoelde ik het ook weer niet, denk ik bij mezelf, hoewel het wel lekker is. Ik voel zijn warme tong in mijn mond en zijn kusjes in mijn hals winden me op. Nick trekt mijn kleren uit en ik de zijne. Langzaam glijd ik over zijn gladde borst, richting zijn boxershort.

'Je broertje!' zeg ik geschrokken.

'Wat is daarmee?' Nick gaat rustig verder met het los-maken van mijn beha.

'Hij is thuis. Straks komt hij naar beneden terwijl wij hier... Nou ja, je weet wel.'

'Nee, ik verzeker je dat hij niet naar beneden komt. Hij is een spelletje aan het spelen en voor niets of niemand komt hij achter de computer uit. Zelfs als er een kanon-schot af zou gaan, blijft hij nog zitten. '

'Weet je het zeker?'

Nick knikt. 'Honderd procent,' zegt hij en laat mijn kan-ten string langzaam over mijn benen naar beneden glijden. Zijn warme handen gaan plagend over mijn lichaam. Het kietelt en ik begin te lachen. Zijn supergespierde lijf ligt op het mijne. Dan hoor ik een geluid. Verschrikt kijk ik op. Het komt toch niet uit de gang? Ik houd mijn adem een paar seconden lang in. Het lijkt weer stil te zijn, maar dan... Wordt de deur met een flinke zwaai opengegooid.

Het broertje van Nick staat in de huiskamer. Het is echt nog zo'n jochie: blonde krulletjes, lange slungelige benen en smalle schouders. 'Kunnen jullie niet ergens anders gaan liggen rotzooien?'

Ik sla mijn handen voor mijn borsten, knijp mijn benen tegen elkaar aan en vis naar een T-shirt dat op de grond ligt. Wat een *disaster* dit! Betrapt worden door het puberige, pukkelige broertje van je vriend.

'Wat kom jij doen?' vraagt Nick verbaasd.

Johan lacht. 'Ik was aan het computeren, maar hoorde het computergeluid niet meer door jullie.' Zijn gezicht is veranderd in de kop van een breedbekkikker. Hij lacht, ik niet. Ik kan wel janken. Ik voel zijn ogen in mijn lichaam prikken en probeer met het opgeraapte T-shirt mijn naakte lichaam te bedekken. Het is gênant, heel gênant. Mijn kop is vast zo rood als een tomaat. Dat kan niet anders, want ik heb het heet. Bloedheet zelfs. Als dat verrekte jong nu eens aanstalten maakt om naar boven te vertrekken, maar nee hoor. Hij blijft gewoon staan.

'Anders sodemieter je gauw op!' roept Nick.

'Waarom zou ik? Dit is de wóónkamer,' zegt hij nadrukkelijk.

'Wat kwam je doen?'

'Dat zei ik je net toch, ik hoorde mijn computergeluid niet meer door jullie herrie.'

'Ja, heel lollig, Johan. Ga maar doen wat je kwam doen en donder dan weer op naar boven.'

'Zodat jullie lekker verder kunnen gaan? Wat een afknapper, hè, zo midden in een vrijpartij. Krijg je hem nog wel omhoog zo meteen?' Johan richt zijn ogen op het kruis van Nick. 'Wat heb jij een lullig lulletje!'

Mijn opgewondenheid ebt met de minuut meer weg. Het enige waar ik aan kan denken is: wanneer rot dat jong nou op?

'Kappen! Ga weer lekker GTA spelen op de computer. Ieder doet waar hij goed in is,' zegt Nick en knipoogt naar mij. Hij kijkt heel schattig, de passie is zichtbaar in zijn ogen. Ik wil hem wel opeten, maar dat verdomde jong staat nog steeds in de deuropening.

'Ik pak een glas cola, daar kwam ik voor.' Hij loopt naar de keuken. Snel wurm ik me in mijn spijkerbroek en schiet het T-shirt aan. Nick lacht naar me en zit nog steeds zonder kleren. Hij geeft er niet veel om, maar ja, het is zijn broertje. Ik weet zeker dat als mijn moeder ons zou betrappen, hij ook niet wist waar hij kijken moest.

'Veel plezier nog, en kunnen jullie iets zachter doen? Ik hoef al dat gelach en gekreun niet te horen.' Nogmaals trekt hij het gezicht van een breedbekkikker en loopt met het glas cola in zijn handen naar boven.

Nick buigt zich weer naar me toe en begint me te zoenen. Zijn handen strelen onder mijn T-shirt. Bedreven maakt hij de knoop van mijn broek los. Op zijn gezicht verschijnt een ondeugende glimlach.

'Van mij mag je altijd zonder string.'

'Grapjas, dat zit echt niet lekker. Het schuurt enorm. Zou jij het lekker vinden, dat geschuur tegen een harde spijkerbroek?'

'Best opwindend.' Hij begint me te zoenen in mijn nek. Ik voel de tedere kusjes kriebelen en ik word langzaam weer opgewonden…

4

'Jullie willen niet weten wat mij vorige week is overkomen!' Eva, Iris en Sanne kijken me meteen vol belangstelling aan en stoppen acuut met fietsen.

'Dat is niet de bedoeling van spinning,' lach ik. 'Jullie kunnen wel luisteren en fietsen tegelijk, toch?'

Elke dinsdagavond fitnessen we in de sportschool. We begonnen er twee jaar geleden mee. In januari. Hoe kan het ook anders. Het was één van onze talrijke goede voornemens. Sanne vond dat we maar meteen in januari moesten starten, want anders zou er weer niets van komen. De jaren ervoor maakten we het sportvoornemen namelijk ook, maar kwam er nooit iets van terecht. We hadden het veel te druk, voornamelijk met shoppen en stappen. Al gaven we dat niet toe, we hadden het druk met school. En voor je het wist was het weer december. Twee jaar geleden begonnen we erg enthousiast. De eerste paar lessen hadden we het zweet op onze rug staan, maar nu... Of je het nog fitnessen kunt noemen, weet ik niet. Meestal kletsen we meer dan dat we bewegen. De hippe, sportieve en lekkere barman kennen we ook goed, evenals de vriendelijke vrouw die achter de receptie van de zonnebanken zit.

'Ik ben moe, uitrusten kan geen kwaad,' lacht Sanne. Eva en Iris knikken instemmend.

'Ik ging naar Nick toe. Zijn vader was niet thuis en zijn broertje was boven. Eerst hadden we woorden.'

'Hoe kan het ook anders,' zegt Iris.

'Hé, gaan we lullig doen?'

'Nee, zo bedoel ik het niet, maar jullie hebben regelmatig ruzie of problemen.'

'Klopt, maar het is uitgepraat. Ik vertelde hem dat ik twijfelde of hij wel echt van me hield. Ik vroeg hem of hij actiever kon zijn. Hij regelt of vraagt nooit iets. Alles moet altijd van mijn kant komen. En als ik dan wat regel, is hij er negen van de tien keer niet.'

'Wat zei hij daarop?' vraagt Sanne.

'Hij dook meteen boven op me en begon me te zoenen. Dit kwam omdat ik zei: voor mijn part bespring je me. Dat was een grap, maar zo'n opmerking wordt dan natuurlijk meteen wél serieus genomen.'

'Mannen! Ik heb ooit ergens gelezen dat 75% van de vrouwen evenveel aan shoppen denkt als mannen aan seks.' We schieten allemaal in de lach.

'Stiekem denken wij vrouwen ook best veel aan seks, dat weet ik zeker,' zegt Iris.

'Dat denk ik ook. Wij geven dat waarschijnlijk alleen niet toe.'

'Maar wat wilde je aan ons vertellen?' Iris kijkt me nieuwsgierig aan, ze is altijd in voor sappige verhaaltjes of vette roddels. Ik sta er niet raar van te kijken als zij ooit een roddelblad begint. Wil je iets weten waar iedereen geheimzinnig over doet, ga dan naar Iris. Die weet altijd alles.

'Zijn jullie nooit bang geweest om betrapt te worden?'

Eva kijkt me met grote ogen aan. 'Ben je betrapt? Nee, echt? Wat erg! Dat is de nachtmerrie van iedere vrouw!'

Ik knik.

'Door wie?' vraagt Sanne.

'Het broertje van Nick. Hij was boven aan het computeren en volgens Nick komt hij nooit achter dat ding vandaan. Wij lagen verstrengeld in elkaar op de bank toen de deur met een flinke zwaai openging.'

'Nu dus wel. Jullie maakten zeker te veel herrie,' lacht Iris.

'Dat zei hij wel, maar ik geloof er niets van. Ik ben helemaal niet zo luidruchtig.'

'Ja, ja dat denkt ook elke vrouw. Al dat gekreun en gekus hoor je echt wel goed.'

'Ik weet het niet, maar achteraf bleek dat hij drinken kwam halen. Ik voelde me zo bekeken. De temperatuur van mijn lichaam leek wel met tien graden te stijgen. Zo warm had ik het.'

'Was je al helemaal naakt?' vraagt Sanne.

'Ja. Hij wilde net… Nou ja… Jullie weten wel. Hij lag al boven op me.'

'Wat heb je gedaan?'

'Nick schoot natuurlijk van me af. Daar lag ik dan supergênant. Ik viste een T-shirt van de grond, bedekte mijn borsten daarmee en trok mijn benen strak tegen me aan.'

'Pff, je zult het schaamrood wel op je kaken hebben gehad.'

'Het ergste was dat hij daar zo lang bleef staan. Ik dacht steeds: flikker nu toch op! Hij daarentegen bleef maar staan gapen. Ik voelde zijn ogen in mijn lichaam prikken.'

'Vreselijk.'

'Zegt hij ook nog tegen Nick: wat heb jij een lullig lulletje.'

'Een lullig lulletje. Ha, die is gemeen, maar wel goed bedacht,' roept Sanne door de sportzaal heen.

De meiden komen niet meer bij van het lachen. Hikkend buigen ze over de spinapparaten heen. De tranen rollen over hun wangen. Om ons heen kijken mensen op. De loopbanden staan ineens allemaal stil. Ook bij de roeiapparaten is geen beweging meer. Alle ogen zijn op Sanne gericht en vervolgens op de meneer die op een fietsapparaat zit dat naast het hare staat. Hij heeft een zwarte strakke legging aan en zijn hoofd is knalrood. Ik schat hem een jaar of veertig. Ik vind het een type à la accountant. Hij draagt een brilletje met ronde glazen, zijn T-shirt zit te strak en je ziet zijn veel te dikke buik erdoorheen. De zweetdruppels lopen van zijn voorhoofd af. Bah, smerig. Ik vind mannen die zweten echt zo niet sexy!

'Mij in het openbaar belachelijk maken. Hoe durven jullie,' zegt hij na een stil moment. Nog steeds zijn alle ogen op ons en de man met een wel erg dungevulde legging gericht. Bij modellen doen ze er sokken in. Dat zou bij deze man geen overbodige luxe zijn. Ik glimlach bij de gedachte aan een soort push-up boxershort. Een gat in de markt!

'Wij u belachelijk maken? Waarom?'

'Dat hoef ik jullie niet uit te leggen. Het werd door de hele zaal geroepen daarnet.'

Sanne kijkt hem verontwaardigd aan. 'U associeert ons gesprek met uw eigen pielemuis, daar kan ik toch niets aan doen. We hadden het over iemand anders, maar dat gaat u niets aan.'

'Ja ja dat zal wel.' De man heeft inmiddels zijn benen bij elkaar geknepen en ik glimlach. Hij zal zich net zo bekeken voelen als ik toen ik gisteren naakt op de bank lag.

'Als u het dan per se wilt weten. Mijn vriendin vertelde net dat ze tijdens het seksen betrapt werd door het broertje van haar vriend. Hij zei toen tegen zijn eigen broer dat hij een lullig lulletje had,' zegt Sanne en ik kijk haar recht aan. Wat zegt ze nu! Ze doet mijn hele verhaal uit de doeken in de sportschool. Dan schiet ik in de lach. Kan mij het ook schelen. Ik zie deze mensen toch nooit, hoewel... Elke dinsdag is toch wel regelmatig. Ach, wat doet het ertoe? Ze hebben zelf vast ook seks.

De man staart ons aan. Stapt met een rode kop van zijn apparaat af en verlaat de zaal. Dan barst iedereen in lachen uit.

'Hij had wel een kleine, dus ik kan me wel voorstellen dat hij dacht dat we het over hem hadden,' zegt Eva. Alweer klinkt er gegiechel in de zaal. Iedereen volgt ons gesprek.

'Nee joh. Wij zijn piepjong en hij is minstens de veertig gepasseerd. Ik ga echt niet bij zo'n vieze zwetende, dikbuikige vent kijken of hij groot geschapen is. Ik lijk wel gek,' zegt Sanne. Ik schaterlach en kom niet meer bij. Mijn buikspieren doen pijn van het vele lachen en ik probeer te stoppen, maar het lukt niet. Ik blijf maar gieren. De tranen rollen over mijn wangen en op de vloer liggen inmiddels allemaal druppels.

'Ik dacht net aan een push-up boxershort. Een giga kans voor ondernemers,' zeg ik tussen het lachen door.

Er verschijnt een glimlach op het gezicht van Sanne. 'Ja, vrouwen dragen schoudervullingen en push-up beha's. Dat kunnen mannen ook best doen, maar dan in hun broek.'

'Weet je het zeker?' vraagt Eva.

'Waarom niet?'

'Dat is zo'n tegenvaller als je dan in een intieme vrijpartij zijn boxershort naar beneden doet en je zijn jongeheer echt moet zoeken.'

Weer begint iedereen te lachen. Ik voel mijn kaakspieren samentrekken. Heb ik toch nog spieren gebruikt vandaag!

Iris recht haar rug en maakt aanstalten om opnieuw te gaan spinnen. 'Laten we weer gaan sporten.'

'Lachen is ook een sport, heb ik in een of ander magazine gelezen. Een lachsessie van twintig minuten schijnt evenveel vitaliteit en welzijn als een step- of joggingsessie te brengen. Vandaag hebben we dus meer dan genoeg gesport,' zeg ik.

'Zullen we dan naar de bar gaan. Ik heb ook nog wat te vertellen.' Eva knipoogt naar mij. Natuurlijk, Stijn. De anderen weten dat nog niet.

'Oké, prima idee,' zegt Sanne. Wij stappen van de fietsen af en lopen richting de deur.

'Doeidoei,' roept een man in de zaal. 'Jammer dat jullie gaan, het was net zo gezellig.'

'Volgende week dinsdagavond zijn we er weer. Ik ben benieuwd of meneer miniepielemans ook nog komt,' roept Sanne. Zij heeft lef, het meest van ons vieren. Hoewel, Eva kan er ook wat van. Die stapt op elke leuke jongen af.

'Dames, wat mag het zijn?' vraagt de barman.

'Vier energiedrankjes, graag. Die kunnen we wel gebruiken,' zeg ik.

'Eindelijk weer een keer fanatiek gesport? Jullie bleven lang weg, ik had jullie al veel eerder aan de bar verwacht.'

'Eh, fanatiek gelachen, telt dat ook? Lachen is ook een sport, hoor.'

De barman grinnikt. Het is een leuke, jonge man. Ik schat hem een jaar of vijfentwintig. Hij heeft mooie bruine haren en indrukwekkende bruine ogen. Hij heeft een supergespierd en goddelijk lichaam. Maar hij heeft tot grote spijt van Iris – die al een tijdje helemaal weg is van barman Jeroen – een leuke en zeer knappe vriendin.

Jeroen begint te lachen. 'Lachen een sport, dat zouden jullie wel willen, hè? *In your dreams!*'

'Wel,' zeg ik en kom weer met mijn uitleg over de lachsessie van twintig minuten.

'Vooruit, jullie zeggen het. Waarom hebben jullie dan zo gelachen?'

'Dat is een lang verhaal en bovendien veel te gênant.'

'Dan wil ik het juist weten,' lacht Jeroen.

Hé, zie ik dat goed. Knipoogt hij naar Iris? Ik richt mijn ogen op Iris. Op haar wangen verschijnen rode blosjes. Straks toch eens vragen wat er aan de hand is tussen die twee. Dat zij verliefd is op hem, is geen nieuws. Maar sinds wanneer flirt hij met haar?

'Vooruit dan maar.' Ik vertel dat Nick en ik gesnapt zijn tijdens een vurige vrijpartij.

'Door zijn broertje. Dat is pas lullig, zeg.'

'Hij staarde naar het kruis van Nick en zei: wat een lullig lulletje heb je.'

Jeroen buldert van het lachen.

'En dat was nog niet het hele verhaal…' Ik vertel over de dikbuikige, oudere man in de fitnesszaal.

'O, nu weet ik wel over wie jij het hebt. Ik zag die man een halfuurtje geleden voorbij rennen. Hij had zijn spullen bij elkaar geraapt en liep in zijn sporttenue weg. Ik hoorde hem nog vloeken en tieren. Stelletje rotmeiden, zei hij. Ik vroeg me al af waar het over ging.'

'Over zijn lulletje,' grapt Iris en Jeroen begint weer te lachen.

'Wat een verhaal! Ik ben benieuwd of die vent ooit nog komt sporten op dinsdagavond. Hij is trouwens een vaste klant. Hij komt al jaren trouw elke dinsdagavond sporten. Meneer Van Varken, heet hij.'

'Zijn naam past prima bij zijn buik,' lach ik.

'Als jouw verhaal over het lachen waar is, dan hebben jullie vandaag zeker voor twee gesport,' zegt Jeroen en schenkt nog vier energiedrankjes in. 'Deze zijn van de zaak.'

'Om te vieren dat wij een vaste klant hebben weggejaagd?' vraagt Sanne.

'Nee, omdat jullie me vandaag aan het lachen hebben gemaakt. Dat heb ik al een week niet meer gedaan.'

'Hoe komt het?' vraagt Eva verbaasd. Jeroen is altijd zo'n spontane en vrolijke jongen. Op zijn gezicht heeft hij standaard een *smile* van oor tot oor. Ik geloof dat ik hem nog nooit chagrijnig heb gezien in de tijd dat wij hier sporten.

'Het is over tussen mij en mijn vriendin. Over en voorbij, voor altijd!' De toon van zijn stem slaat met een octaaf omhoog. Op zijn gezicht verschijnt een trieste blik. Nu ik hem wat beter bekijk, zie ik dat hij beginnende wallen onder zijn ogen heeft. Zijn ogen lijken ook doffer dan normaal. Ze sprankelen niet zo mooi als anders.

Iris kijkt hem meelevend aan, maar in haar ogen ontdek ik wel een twinkeling. Ze kijkt ontdeugend. Ze is vrolijk, al probeert ze dat niet te laten merken aan Jeroen.

'Wat sneu voor je,' zegt ze en probeert meevoelend te klinken. Sanne, Eva en ik kijken elkaar aan. Wij weten wel beter. Dit is Iris' kans. Daar heeft ze al die tijd op zitten wachten. Wij probeerden Jeroen steeds uit haar hoofd te praten. Ze werd immers niet gelukkig van een onbereikbare liefde, maar nu... Nu is ineens alles anders.

'Het is beter zo. Ik hoef die trut nooit meer te zien. Alles deed ik voor haar, alles! Ze hoefde maar te bellen en ik stond voor haar klaar. Tot ik op een dag eerder thuiskwam van het werk en zij doodleuk met twee andere mannen in bed lag.'

'Pardon!' roept Iris.

'Ja, je hoort het goed. Met twee andere kerels. Toen ik binnenkwam zei ze: "O, schatje, doe je ook lekker mee?"'

'Dat meen je niet!' zeg ik.

'Jawel,' zegt Jeroen kortaf.

'Deed ze dat vaker denk je?'

'Ik ben die avond kwaad weggelopen en de volgende dag belde ze me op. Of ik boos was? Dat vroeg ze aan me. Ze vertelde dat ze het al een hele poos deed. Het lag niet aan mij, ze wilde gewoon meer dan alleen mij. Als ik een keer met twee andere vrouwen naar bed zou gaan, mocht dat ook. Ze wilde ook wel meedoen in een triootje. Die vrouw is helemaal gestoord.'

Iris blijft maar vragen stellen. 'Woonden jullie samen?'

'Ja, zij woonde bij mij in. Ik heb haar eruit gezet. Toen ik haar vertelde dat ze haar spullen kon pakken, begon ze heel hard te janken. Waar moest ze dan naartoe? Ze had geen baan en ook geen huis. Ze kon niet terecht bij familie, want daar had ze mee gebroken.'

'Zij teerde dus gewoon op jouw geld,' concludeer ik.

'Ja, dat klopt. Zij zorgde voor het huishouden en ik voor het geld. Naast mijn baantje bij de sportschool werk ik overdag als fysiotherapeut in een revalidatiecentrum.'

'Toe maar, dus je kunt ook lekker masseren?' Iris wrijft over haar rug. 'Ik heb toevallig last van mijn onderrug.'

Jeroen begint te lachen. 'Zeker heel plotseling.'

Iris knipoogt. Er komt een groep bezwete mannen aangelopen. Ze settelen zich aan de bar. Het is gedaan met de openhartige gesprekken.

'Ik spreek jullie vast volgende week weer.' Jeroen loopt naar de heren toe, die inmiddels een luidruchtig gesprek voeren.

'Wat wilde jij eigenlijk vertellen?' vraagt Sanne aan Eva.

Eva recht haar rug, haalt diep adem en zegt dan: 'Ik heb, nee, ik ben, nou ja, ik en Stijn…'

'Jij en wie? Stijn!' onderbreekt Iris.

'Ja, eh, we zijn weer samen denk ik.'

'Denk je?' vraagt Sanne verbouwereerd.

'Ja, we zien elkaar regelmatig en het gaat goed tussen ons.' De stem van Eva klinkt opgewekt. Ik heb haar in geen tijden meer zo vrolijk gezien.

'Ben je gek geworden!' Iris kijkt Eva met grote ogen aan.

'Zeg dat je het niet meent,' zegt Sanne. 'Heb jij er geen

mening over?' vraagt ze aan mij.

'Ik wist het al. Eva weet dat ik het geen slimme zet vind, maar wat kan ik eraan doen? Ze moet zelf beslissen en als zij gelukkig is met Stijn, dan gun ik dat haar. Al ben ik wel ontzettend bang dat Stijn weer in zijn oude gedrag vervalt. Het is en blijft een onbetrouwbare kerel.'

'Precies, een onbetrouwbaar, overspelig mannetje,' zegt Sanne.

'Hij is veranderd! Echt waar! Ik snap dat jullie het nu niet geloven en ik neem jullie niets kwalijk. Over een tijdje zullen jullie wel inzien dat hij veranderd is. Ik merk het aan alles. Hij is zo anders dan voorheen. Hij geeft me veel meer aandacht, ik kan beter met hem praten en hij is zorgzamer. Echt, hij is veranderd.' Als ze nou nog een keer zegt dat hij veranderd is, dan ga ik het misschien ook nog geloven.

'Lieve Eva, ik gun je heel veel liefde, maar ik hoop ook dat je begrijpt dat ik dit niet zo goed snap. Maar… Het is en blijft jouw eigen keuze. Alleen kom niet bij me piepen als hij toch weer blijkt vreemd te gaan,' zegt Iris.

'Dat is niet nodig, want het gebeurt niet,' zegt Eva zelfverzekerd.

Vanuit mijn ooghoeken zie ik dat Jeroen naar Iris kijkt. Zou het dan toch ooit iets worden tussen die twee? Dat lijkt me helemaal te gek. Jeroen is zo'n leuke gozer en ik gun het Iris van harte.

Ik neem het laatste slokje uit mijn glas. 'Ik hoop het voor je.' Ik kijk naar de lege bodem en denk aan Nick. Ik wil snel met hem naar de sauna. Heerlijk samen in een kruidenbad, mijn hoofd op zijn borst en zijn armen innig om me heen geslagen.

'Zullen we naar huis gaan?' vraagt Eva.

Ik kijk op van het glas. 'Goed plan.'

We kleden ons om in de kleedkamer en Iris begint opgewonden te praten.

'Hij is single! Hij is lekker, mooi, lief, sportief en SINGLE,' joelt ze door de kleedkamer heen. 'Het liefst sleur ik hem meteen mee het bed in. Ik kan niet wachten tot ik zijn warme tong over mijn lichaam voel kietelen.' Een paar oudere dames kijken op. Ze zijn zeker de zestig gepasseerd. Op hun gezichten verschijnt een verontwaardigde blik.

'Pardon,' zegt de ene dame.

'Dat is de jeugd van tegenwoordig. Ze duiken met jan en alleman het bed in. Niets geen passie en liefde meer. Lust, daar draait het alleen nog maar om. En condooms gebruiken doen ze volgens mij ook niet meer. Je hoort de laatste tijd zoveel over soa's en allerlei enge ziekten.'

'Zeg dat wel, de jeugd van tegenwoordig heeft helemaal geen verantwoordelijkheidsgevoel meer.'

'En ook geen fatsoen,' vult de dame met de grijze krullen aan.

Ik grinnik. Grappig om te horen hoe miss krullenkop over ons denkt. Hoe weet zij of ik wel of geen condoom gebruik. Sanne wil reageren, maar voordat ze wat kan zeggen leg ik mijn hand op haar mond.

'Sstt, ga er maar niet tegen in. Dat heeft geen zin. Laat ze maar denken, wij weten wel beter.'

De dames staan op en nemen hun spullen mee. De lege flesjes Aquarius laten ze op de houten bank staan.

'Hebben we alles, Nel?' vraagt een van de vrouwen.

Ze draait zich nog een keer om. 'Ja hoor!'

Samen lopen ze de kleedkamer uit. Nog even kijken ze minachtend naar ons.

'Fatsoen. Hoe durven ze. Zelf laten ze wel hun lege flesjes achter,' zegt Sanne en wij schieten in de lach.

'Het is maar goed dat wij het gedrag van die dames niet kopiëren, dan waren we pas onfatsoenlijk. Hoe durft men toch te spreken over de verloedering van de jeugd,' zeg ik.

Lachend verlaten we de kleedkamer. Iris knipoogt nogmaals naar Jeroen en hij groet ons vriendelijk. Zie ik het nu goed? Is die twinkeling weer in zijn ogen zichtbaar?

'Prettige avond en tot volgende week, *ladies*.'

*

'Wat zeg je?' Ik staar vol verbijstering naar mijn telefoon en houd hem dan snel weer tegen mijn oor. 'Dat meen je niet! Het is pas woensdag. Ik dacht dat ik het aan het eind van de week zou horen.'

'De keuze was eigenlijk diezelfde avond al gemaakt. We besloten om het te laten bezinken en daarna hebben we nog wat dingen geregeld,' klinkt de vriendelijke stem van Simone.

'Maar... Ik heb dus vanaf nu gewoon een eigen kamer,' zeg ik met de nadruk op eigen. Mijn hart klopt sneller en mijn handen worden er warm van. Ik en een kamer voor mij alleen, daar droom ik al zo lang van. Ik zie mezelf al midden in mijn kamer zitten met een boek, een dikke reep witte chocolade en de muziek aan.

'Niet vanaf nu, maar met ingang van volgende week. Het is dan het begin van de maand en dan gaat het huurcontract in.'

'Dat is al snel. Je wilt niet weten hoe blij ik ben.' Ik stuiter door de huiskamer heen.

'Wij vinden het ook heel leuk dat je bij ons in huis komt wonen. En natuurlijk zijn we blij dat we die loser kunnen dumpen.'

Ik begin te lachen en Simone giechelt met me mee.

'Hoe gaat het nu verder? Wanneer moet ik het contract tekenen en krijg ik de sleutel? Wanneer kan ik gaan klussen en hoe werkt het met de gezamenlijke keuken?'

'Maandagavond is de huisbaas er. Hij neemt het contract en de sleutel voor je mee. Dan kun je dus beginnen met klussen. Hij zal je ook vertellen wat je wel en niet mag doen, maar in principe mag bijna alles,' stelt ze me gerust. 'En de gezamenlijke keuken en andere huisregels vertellen we je nog wel. Het zijn er niet zo bizar veel, dus dat loopt allemaal wel los.'

'Super! Hoe laat moet ik er maandagavond zijn?'

'Hij verwacht je om acht uur. Misschien dat hij jou ook nog belt, maar Herman kennende zal dat wel niet.'

'Oké, dan zal ik er zijn. Ik kan niet wachten.'

'Leuk! Ik vind het gezellig dat je bij ons in huis komt wonen. We zien je maandag.'

'Dank je wel. Tot maandag.'

Nog helemaal onthutst van het nieuws zit ik in de woonkamer en staar naar mijn moeder, die het gesprek heeft gevolgd.

'Dus mijn meisje gaat het huis verlaten?'

'Ja, ik heb een eigen kamer. Wie had dat durven dromen?' Ik sta op en huppel door de huiskamer. Ik lijk wel een kind van twaalf, maar ik voel me blij. Dat mag best, vind ik. Uit de koelkast pak ik een fles wijn en haal twee glazen uit de kast.

'Mam, hier moeten we op toosten!'

Mijn moeder kijkt, tja, hoe kijkt ze eigenlijk. Een beetje nietszeggend. Ik weet niet of ze nu blij of bedroefd is.

'Ben je blij of verdrietig?' vraag ik en kijk naar de nog steeds nietszeggende uitdrukking op haar gezicht.

'Ik ben hartstikke blij voor je, maar tegelijkertijd ga ik je ontzettend missen. Als ik dan thuiskom, is er helemaal niemand. Niet dat je nu zo vaak thuis bent, maar met het avondeten ben je bijvoorbeeld regelmatig thuis. Maar ik ben ontzettend blij voor je. Ik ben vroeger ook op kamers gegaan en het is een geweldige ervaring. Je wordt er nog zelfstandiger van en bovendien is het gewoon een super-leuke tijd.'

Op mijn moeders gezicht is nu een vrolijkere uitdruk-king zichtbaar. 'Begrijp ik goed dat je maandag de sleutel al krijgt?'

'Ja, dat klopt. Maandag komt de huisbaas langs met het contract en de sleutel. O, ik heb er zoveel zin in. Dan ga ik met mijn vriendinnen naar Ikea om leuke meubels uit te zoeken.'

'Leuk, hoor! Het bed krijg je van mij cadeau. Zoek maar iets moois uit.'

Ik sla mijn armen om mijn moeders nek en geef haar een flinke smakkerd op haar wang. 'Dank je wel. Ik ga jou ook missen, maar wees maar niet bang, ik kom elke week de was brengen.'

'Als je het maar laat! Op jezelf wonen, is ook zelf was-sen,' lacht ze. 'Maar je weet het, de deur staat altijd voor je open. Voor een bakkie koffie, voor een wijntje, voor een hapje eten, om te lachen of om uit te huilen of *what-ever.*'

De tranen prikken in mijn ogen. Ik probeer te slikken zodat ik niet hoef te huilen. Wat is dit nu toch? Ik wil heel graag uit huis en nu moet ik huilen. Ik kijk naar mijn moe-der. Het traanvocht spiegelt in haar ogen. Ze knippert een paar keer en er rolt een klein druppeltje over haar wangen. Snel veegt ze het met de mouw van haar trui weg. Ze zucht een keer, maar dan verschijnt er weer een glimlach op haar gezicht.

'Ik ben ontzettend blij voor je. Je gaat vast en zeker een leuke tijd tegemoet.'

'Ik heb er ook mega veel zin in en kan niet wachten tot ik kan gaan klussen.' Ik wrijf in mijn handen en met mijn gedachten ben ik al in de Ikea. Ze hebben daar zoveel leuke meubels en prullaria. Ik moet natuurlijk eerst gaan behangen voordat ik meubels kan kopen. Ik moet Nick zien te strikken om mee te helpen. Dat wil hij vast wel doen. Goed idee, ik ga hem bellen.

Ik hol de trap op, sla een paar treden over en dan sta ik boven. Daar ligt mijn mobiel aan de oplader. Met het ding nog aan het stopcontact bel ik Nick.

'Met mij,' roep ik enthousiast door de telefoon.

'Hoi schat, wat klink je vrolijk. Heb je iets leuks te melden?'

'Jazeker. Ik heb een kamer. Je weet wel, die kamer die ik zo graag wilde hebben.'

'Wat leuk, gefeliciteerd. Wanneer kun je erin?'

'Maandagavond kan ik de sleutels ophalen en het huurcontract tekenen. Dus dat is allemaal heel vlot. Ik kan niet wachten om te gaan klussen en meubels kopen.'

'Goed, hoor. Eindelijk je eigen stekkie gevonden. Ik ben blij voor je.'

'En ik belde natuurlijk niet voor niets,' ik onderbreek mijn zin met een klein vals lachje, 'wil je meehelpen met behangen?'

'Natuurlijk wil ik dat doen, maar nu ik je toch aan de telefoon heb. Ik wil je ook wat vragen. Je had het laatst over een dagje naar de sauna en skiën. Heb je van het weekend tijd? Zullen we zaterdag naar de sauna gaan en zondag samen gaan skiën? Dan hebben we lekker een weekend voor ons tweetjes.'

'Dat lijkt me heerlijk. Lekker relaxen en vooruit, een beetje sportief doen. Ik heb niets gepland, dus regel het maar.'

'Dat ga ik doen. Ik heb er zin in. We maken er een gezellig, romantisch én ook nog sportief weekend van.'

'Helemaal leuk. Ik ga nu ophangen. Ik wil mijn vriendinnen ook sms'en en ik moet nog huiswerk maken. Ik zie je zaterdag. Laat jij mij nog weten waar, hoe laat en wat etcetera?'

'Doe ik. Je hoort van me. Alvast welterusten.'

'Kus!'

5

Hè hè, eindelijk is het vrijdagmiddag. Bijna weekend, heerlijk! Ik kan niet wachten om met Nick naar de sauna te gaan. Dat skiën is minder leuk, maar ik heb me ooit laten vertellen dat je in een relatie moet geven en nemen. Een beetje schikken, en als je dat niet doet, krijg je zo'n soort situatie als waarin Eva zit. Zelf heel veel geven, maar terugkrijgen: ho maar. Dat gaat een tijdje goed, maar eens barst de bom. Dan worden er weer beloften gedaan. 'Jij bent vanaf nu en voor altijd de enige voor mij.' Ik hoor het Stijn nog zeggen, de vuile huichelaar. Ik weet zeker dat hij nog geen maand later alweer met een ander het bed in dook. Arme Eva. Ze denkt echt dat het weer beter gaat tussen hen en dat Stijn veranderd is. Vuile leugenaar, vieze bedrieger, hij verandert niet. Echt niet! Kon ik Eva dat maar duidelijk maken.

'Kortom, het is belangrijk om de organisatie altijd eerst in kaart te brengen,' schalt er door het klaslokaal heen.

Verschrikt kijk ik op. 'Mijn gedachten slaan ook altijd op hol,' mompel ik.

Eva hoort het en schiet in de lach. 'Dat komt omdat het verhaal echt te saai voor woorden is. Was ik maar naar huis gegaan. Waarom blijf ik toch steeds hiernaartoe komen voor deze nutteloze lessen?'

'Omdat je geniet van saaie verhalen.' Ik steek mijn tong uit.

'Ja haha, dat zal het zijn. Ik wil zo graag naar saaie verhalen luisteren. Ik heb toch niets beters te doen.'

'Ik ben klaar met mijn college voor vandaag. Tot volgende week,' zegt de docent. Hij pakt zijn papieren, mikt ze zonder te kijken in zijn koffer en klikt het leren exemplaar dicht. Met grote passen verlaat hij het lokaal. Daar staat hij bekend om, meneer Roelofs. Hij vertelt zijn oersaaie verhalen en als hij klaar is, verlaat hij meteen het lokaal. Stel je voor dat hij vragen krijgt of dat studenten hem ophouden om een of andere reden.

Eva en ik maken ook aanstalten om weg te gaan.

'Ga je nog iets leuks doen van het weekend?' vraagt Eva als we op de gang lopen.

'Ja, ik ben het hele weekend weg. Althans… Dat is de bedoeling. Nick zou het allemaal regelen, maar ik heb nog steeds niets gehoord.' Ik kijk op mijn horloge. Halfvier, en dat op vrijdagmiddag. Ik zucht. Gelukkig kunnen we nu naar huis. Weekend! Ik ga leuke dingen doen. Als Nick nog wat geregeld heeft tenminste.

'Wat ga je doen?'

'We zouden zaterdag naar de sauna gaan, lekker relaxen. Ik heb me er echt op verheugd. En dan het minder leuke nieuws: op zondag gaan we samen skiën.'

'Je trekt een gezicht alsof er voor je neus een ernstig ongeluk gebeurt. Zo verschrikkelijk is skiën toch ook weer niet?'

'Ik haat sporten, dat weet je toch? En zeker skiën. Bah, in die kou. Moet ik zo'n stom skipak aan. Zie je het al voor je? Weet je hoe dik je daarin wordt? Straks breek ik nog een been. Stel je voor!'

91

'Je bent weer lekker aan het overdrijven. Je bent nog superjong. Een been breek je niet zomaar. Bovendien, Nick is bij je en hij let echt wel op je. Hij kan toch goed skiën?'

'Ja, wat kan hij niet. Alles wat te maken heeft met sport, kan hij.'

'Nou dan. Hij kan je les geven in skiën. Of in snowboarden. Dat lijkt me gaaf, skiles van je eigen lover. Hij mag je opvangen als je onderuitgaat.'

'Heb jij eigenlijk ooit geskied?'

'Nee, nog nooit. Dat wil ik wel gaan doen.'

'Dat dacht ik al, je maakt er zo'n romantisch gebeuren van. Ik heb het ooit een keer gedaan en kan je vertellen dat het echt allesbehalve romantisch is. Ik viel. Keihard. En niet één keer, nee, ik ben minstens honderd keer gevallen op die dag. Ik was zo ontzettend blij toen ik weer thuis was en nam een warme douche om me op te warmen. Ik schrok me helemaal rot toen ik mezelf uitgekleed had. Ik zat onder de blauwe plekken, dus dat stomme opgezwollen pak dat je aan hebt helpt daar in ieder geval niet tegen. Eigenlijk had ik besloten nooit meer te gaan skiën.'

'Je moet maar zo denken: het kan niet erger worden dan de vorige keer. Het wordt vast een stuk leuker. Bovendien, ik schat zo in dat Nick zich niet zo verheugt op het dagje in de sauna, denk je wel?'

'Dat weet ik wel zeker. Daar heeft hij helemaal geen zin in, maar we hebben afgesproken dat ik mee ga skiën en dan gaat hij met mij mee naar de sauna. Goede deal, nietwaar?'

'Ik weet niet of dealtjes sluiten duidt op een goede relatie. Er moet een soort klik zijn, gezamenlijke interesses. Natuurlijk moet je een beetje rekening houden met elkaars wensen, maar jullie zijn pas zo kort samen, en nu al deals sluiten? Dat is niet goed. Je maakt jezelf heel erg ongelukkig.'

'Ja, en jij doet het weer met die bedrieger van een Stijn. Net alsof dat zo slim is,' haal ik uit.

'Ik wil je niet boos maken. Laten we deze discussie maar niet voeren. Dat hebben we al vaker gedaan. Ik ben gelukkig met Stijn en jij bent gelukkig met Nick. We komen er vanzelf wel achter of het standhoudt.'

'Prima! Wat ga jij doen in het weekend?'

'Ik ga met Stijn uit eten en daarna bij hem thuis een film kijken.'

'Ja ja, alleen een filmpje kijken?' grinnik ik.

'De tijd zal het uitwijzen.'

'Nu je het over tijd hebt. Ik zal Nick sms'en waar hij blijft met zijn plannen voor het weekend. Hij zou alles regelen, maar ik vraag me af of hij dat niet vergeten is. Als dat het geval is, heeft hij mooi pech, want dan regel ik het. En je begrijpt… Skiën gaat dan helaas niet lukken.'

'Wat ben jij vals!'

'Heerlijk hè. Maar ja, dan had hij het maar moeten organiseren.'

'Niet zo voorbarig met je conclusies, dame. Misschien heeft hij alles al tot in de puntjes geregeld.'

'Het zou kunnen, maar die kans is vrij klein. Het scheelt dat je niet hoeft te reserveren bij SnowWorld, maar de massages moeten mogelijk wel van tevoren gereserveerd worden. Of wat dacht je van een arrangement, dat is vaak wel makkelijk als je zo'n dag weggaat.'

'Het loopt allemaal wel los. Anders kun jij alsnog vanmiddag reserveren.'

'Ja, daag. Dat mag hij lekker zelf doen. Ik ga niet alles organiseren voor hem. Ik opper de ideeën al, dat is erg zat.'

We lopen de school uit. 'Bel hem eens,' zegt Eva. 'Ik ben nu nieuwsgierig geworden.'

'Ik eigenlijk ook.' In mijn tas graai ik naar mijn mobieltje. Hè, waar is dat kreng. Dat is de ellende van zo'n grote tas. Hoe groter de tas, hoe meer rotzooi je meezeult. Maar… Het heeft ook zo zijn voordelen. Als iemand deodorant nodig heeft, dan heb ik die. Heeft er iemand zakdoekjes nodig, klop dan bij Mandy aan. Het blikje vaseline, een pen, een agenda, een minibusje haarlak en het pakje kauwgom ontbreken natuurlijk ook niet in mijn collectie. Ah, daar is ie! Op de bodem van mijn tas tussen de papieren, ligt mijn iPhone. Snel tik ik het nummer van Nick in. Hij gaat over en Eva staart me afwachtend aan.

'Neemt hij niet op?'

Op dat moment wordt er opgenomen. 'Ha, met mij.'

'Dag liefje, hoe is het met je?'

'Goed. Ik ben net uit de les en heb weekend.'

'Fijn hè, weekend. Ik ben alweer een paar uur thuis.'

'Lekker. Dus je hebt alles voor morgen en overmorgen al geregeld?'

Een moment is het stil aan de andere kant van de telefoon. 'Moest ik iets regelen dan?'

'We zouden toch naar de sauna gaan en naar SnowWorld. Jij zou de boel organiseren. Ik dacht dat je wel een arrangement had gemaakt. Samen naar de sauna, een heerlijke massage of hammambehandeling. Heb je wel uitgezocht hoe laat we moeten gaan? En gaan we met de auto of met het openbaar vervoer?'

'Daar heb ik nog niet over nagedacht.'

'Daar heb je nog niet over nagedacht?' Eva kijkt me onderzoekend aan en op haar gezicht verschijnt een uitdrukking die goed te omschrijven valt als: je had toch gelijk!

'Hij heeft zeker helemaal niets geregeld,' fluistert ze. Ik knik.

'Sorry!'

'Luister Nick. Ik word moe van jouw gesorry. Het is toch niet zo moeilijk om van tevoren uit te zoeken hoe laat we erheen gaan en hoe je er het makkelijkste kan komen. Om de sauna te bellen of je massages of behandelingen moet reserveren. Kom op zeg, een beetje initiatief zou wel fijn zijn. Ik zal het wel weer doen.'

'Nee, dat hoeft niet. Ik ga het nu meteen allemaal regelen. Wat wil je dat ik reserveer?'

'Bedenk maar iets leuks. Ik kan de auto van mijn moeder een dag lenen denk ik, maar dan moet je me wel laten weten welke dag. Ik moet dat namelijk overleggen, dat woord ken je wel, hè?'

'Doe niet zo kleinerend. Ik was het gewoon vergeten. Er is geen man overboord, ik ga nu bellen en dan hoor je van me.'

'Oké.' Ik druk de telefoon uit.

'Het is toch niet te geloven,' zeg ik tegen Eva. 'Dat hij dan niet gedacht heeft aan het reserveren van een arrangement is nog tot daaraan toe, maar hij heeft zelfs niet nagedacht over de tijd en hoe we erheen gaan. Dat is wel het minste wat hij had kunnen doen,' tier ik verder.

'Dat had jij toch ook kunnen doen?'

Begint zij ook al! 'Nick had beloofd dat hij het zou doen, dan moet ik daar toch op kunnen vertrouwen. Ik wist wel dat mijn intuïtie me niet in de steek liet.'

'Je lijkt mijn moeder wel. Die is ook altijd boos op mijn vader dat zij altijd moet denken aan verjaardagskaarten, cadeautjes en afspraakjes. Dat hij nooit iets regelt.'

'O jee, klink ik al zo burgerlijk?' Opeens zie ik het voor me. Ik sta in de huiskamer, de hond ligt in haar mand, de wasmand staat op de grond en de kinderen zitten gillend achter de computer. Mijn man is nog steeds niet thuis. Hij is te laat. Hij is verdomme te laat! Zenuwachtig loop ik op en neer naar de keuken. Mijn eten verpietert. Waarom belt hij dan niet even? Hij kan toch laten weten dat hij later is, dan weet ik waar ik aan toe ben. De kinderen moeten op tijd naar bed en ik heb honger.

Ik begin te lachen. 'Ik zie het nu ineens helemaal voor me. Ik, als boze vrouw omdat mijn man te laat thuiskomt, dat is het toppunt van burgerlijkheid. Daar lijk ik nu op met mijn gezever, hè? Dat is niet de bedoeling. Waar maak ik me ook druk om. Het komt goed. Hij gaat het nu regelen.'

'Ik snap het wel. Mannen zijn ook laks in dat soort dingen, althans de meeste dan. En als hij iets beloofd heeft, dan moet hij het ook waarmaken. Ik ben benieuwd wat hij gaat regelen.'

'Anders ik wel. Hé, ik ga ervandoor, mijn bus komt zo. Tot maandag. Fijne avond met Stijn en na het weekend krijg je van mij alle details.'

Ik ben bijna thuis. Mijn telefoon begint te piepen. Het is een sms'je.

Ha schat. Alles is geregeld. Kun jij mij morgen halftien komen halen? Ik rijd zondag en dan vertrekken we om halfnegen. xxx

Leuk! Die auto, dat moet ik met mijn moeder overleggen. Ik weet niet of ze hem nodig heeft morgen. Ik sms je zo meteen. xxx

Ik stap uit de bus en zet op mijn iPhone de muziek aan. Met het vrolijke liedje Proosten van Guus Meeuwis loop ik vanaf de bushalte naar huis.

Laten we proosten
op het leven
Laat het leven je omarmen
sla je armen om de liefste
want de liefste, dat ben jij.
© Guus Meeuwis – Proosten

96

Een oudere meneer met een wandelstok loopt me tege-moet en kijkt me vreemd aan. Alsof ik niet goed wijs ben. Wat doe ik fout? Ik loop hier gewoon op straat. O, nee. Ik blèr ongegeneerd met de muziek mee. Als ik meezing, gaat dat nooit zacht en het is verre van zuiver. Henk-Jan Smits zou zeggen: je kunt gewoon niet zingen. Het klopt ook nog. Onder de douche mag ik het best doen, dan hoort toch niemand het, maar op straat kan het echt niet. Hoewel… Onder de douche in het studentenhuis kan het straks ook niet meer. Wat zullen ze wel niet van me den-ken. Piepend douchegordijn. Nee, liever niet! Ik moet het gewoon afleren. Muziek luisteren is goed, maar meezingen niet.

Ik loop de huiskamer in. Mijn moeder zit met een boek onderuitgezakt op de bank.

'Ha mam.' Ze glimlacht. Mooi, dat komt goed uit. Ze is vrolijk, dat is handig als ik iets van haar gedaan moet krij-gen. O, wat ben ik soms toch een kreng!

'Hoi, hoe was het op school?'

'Prima. Ik heb een vraagje.'

'Je moet zeker iets van me hebben. Wat is het dit keer? Geld? Of wil je mijn hippe blouse lenen? Of dat nieuwe parfum?'

Ik glimlach. 'Wat heb je me toch altijd snel door. Nee, geen geld, geen blouse of parfum, maar wel de auto.'

'De auto. En wat ga je daar dan mee doen?'

'Ik was niet van plan om hem te gaan wassen, als je dat soms dacht,' lach ik. 'Ik ga van het weekend leuke dingen doen met Nick. We gaan naar de sauna, lekker ontspan-nen! En we gaan skiën, daar is dan helaas weer helemaal niets aan. Maar dat was de deal. Allebei iets leuks.'

'Aha, dus zo werkt daar bij jullie. Hadden jullie niet iets kunnen uitkiezen wat jullie allebei leuk vinden?'

'Nee, dat bestaat niet. Alles wat ik leuk vind, vindt Nick niet leuk en andersom.'

'Dat is niet echt handig als je samen een relatie hebt, of wel?'

'Hè mam, begin jij nu ook al?' zeg ik bitser dan ik wil.

'O, ik wist niet dat je kwaad werd.'

'Dat komt omdat Eva dat ook al zei vanmiddag. Ik ben gelukkig met Nick.' Diep vanbinnen voel ik een lichte twijfel opkomen. Kan zo'n relatie met verschillende interesses wel werken? Of is zo'n relatie bij voorbaat al gedoemd te mislukken?

'Als jij gelukkig bent, ben ik dat ook. Om op je vraag terug te komen: je mag mijn auto lenen. Ik heb hem zondag nodig, dus je kunt hem alleen meenemen op zaterdag.'

'Dat komt goed uit, want Nick heeft zondag de auto van zijn vader. Het is dus goed verdeeld.'

'Oké, helemaal prima. Vul je wel de tank bij als je terugkomt?'

'Doe ik. Ik sms Nick even, dan weet hij dat het goed is. Wat ga jij eigenlijk doen dit weekend?' vraag ik terwijl mijn vingers over de toetsen van de telefoon heen vliegen.

'Ik heb ook een leuk weekend voor de boeg. Morgen en zondag ben ik de hele dag weg.'

'Wat ga je doen dan? En met wie?' vraag ik, met de nadruk op wie. Ik wil nu echt weten hoe die lover van mijn moeder heet en wie hij is. Tijd voor een ontmoeting.

'Ik ga met Marga shoppen.'

Er komt een sms'je binnen. Met Marga shoppen, hoor ik vaag op de achtergrond, maar echt tot me doordringen doet het niet.

Prima. Dan rijd ik zondag. Tot morgen. Ik kan niet wachten om je in een prachtige bikini te zien. Kus

Schat, in de sauna draag je geen badkleding.

'Wat zei je net eigenlijk? Met Marga shoppen? En wat ga je zondag doen? Dan heb je de auto nodig zei je, waar ga je heen?'

'Dat gaat je niets aan.'

'Aha, ik snap het al. Je gaat naar je liefje. Ga je me nu eindelijk vertellen hoe hij heet, waar hij woont en wat hij doet?'

'Nee, het is nog zo pril. Ik wil geen geroddel in het dorp. Misschien loopt het op niets uit.'

'Mij kun je het toch wel vertellen. Ik ben straks toch het dorp uit. Binnenkort woon ik in Eindhoven. Toe nou mam, woont hij hier in het dorp?'

'Ja, maar meer zeg ik écht niet. Trouwens, ik heb die Nick van jou ook nog nooit gezien, dus je hebt totaal geen recht van spreken.'

'Dat is oneerlijk, dat komt omdat je nooit thuis bent. Hij is hier vaak zat geweest. Waarom heb je de auto nodig als hij in het dorp woont? Je kunt toch wel fietsen?'

'Nee, we gaan samen een dagje naar de sauna. En nu moet je ophouden. Ik vertel je binnenkort heus wel meer.'

'Toe maar, samen naar de sauna. Dan gaat hij je naakt zien, is dat geen probleem? Je wilt me nog niets vertellen, want je weet niet of het wat wordt? Intussen ga je wel met hem naar de sauna en het is vast niet de eerste keer dat je hem naakt ziet.' Mijn moeders wangen kleuren rood. Nu wordt het interessant!

Maar op dat moment wordt ons gesprek verstoord door een piepje van mijn telefoon. Alweer een sms'je.

Ik ga echt niet in mijn nakie rondlopen. Had je dat niet eerder kunnen vertellen.

Ja, het is een sauna. Dat kun je zelf ook wel bedenken. Doe niet zo kinderachtig. Zo ben je ook geboren. Ik zie je wel vaker naakt.

Maar al die andere mensen die daar zijn niet. Straks staren ze naar mijn jeweetwel.

Als ze er maar van afblijven. Dat is mijn domein ☺ Tot morgen!

Ik grinnik tijdens het versturen van het sms'je. Mijn Nick is preuts. Wel na de voetbalwedstrijd onder de douche pronken onder de mannen, maar naar de sauna, ho maar!

'Wat is er zo grappig?' vraagt mijn moeder.

'Nick en ik gaan morgen naar de sauna, maar hij wist niet dat je daar geen badkleding draagt. Waarschijnlijk kent hij alleen sauna's in zwembaden waar je badkleding moet dragen. Of dacht hij dat we naar een soort thermen gingen, waar je verplicht badkleding aan moet. En meneer Preuts vindt dat blijkbaar heel erg. Hij schaamt zich vast voor zijn geboortekostuum,' grinnik ik.

Op mijn moeders gezicht verschijnt een klein lachje, maar dan fronst ze haar wenkbrauwen. 'En nu? Gaan jullie niet meer?'

Ik haal mijn schouders op. 'En nu niets. Hij past zich maar aan, ik ga zondag toch ook mee naar die stomme skibaan.'

'Dat zal gezellig worden!'

'Ik weet het niet, maar we moeten toch iets proberen.'

'Weet je zeker dat er niets is wat jullie allebei leuk vinden?'

'Ja, dat weet ik zeker. Nick en ik hebben gewoon niet dezelfde hobby's. Misschien wordt het morgen toch nog gezellig. Het kan toch ook heel goed werken tussen mensen die verschillend zijn?'

'Ja, het schijnt te kunnen. Ik hoop in ieder geval dat jullie het dit weekend fijn hebben.'

'Ik ook. En jij natuurlijk ook heel veel plezier met Marga en jouw nieuwe vriend.'

Mijn moeder glimlacht. 'Komt helemaal goed. En ik beloof je, ik stel hem binnenkort echt aan je voor.'

'Afgesproken!'

*

'Ben je daar eindelijk?' vraagt Nick als ik voor zijn deur sta.

Moet hij zeggen. Ik doe net alsof ik het niet gehoord heb. 'Goedemorgen schatje, alles goed?'

'Dat was inderdaad niet aardig van me. Maar dat naakte gebeuren, ik zie het niet zo zitten.'

'Iedereen is daar naakt. Ben je nog nooit in de sauna geweest?'

'Nee, ik houd daar echt niet van. Mijn vader wel, die is er dol op. Hij lachte me vierkant uit toen ik vertelde dat ik ervan baalde. Ik dacht dat we naar een of andere welnesstoestand toe zouden gaan waar je verplicht badkleding moet dragen.'

'Schat, je ziet er naakt prima uit. Je hebt een fantastisch gespierd lijf en je jongeheer mag er ook wezen, toch?'

'Ik weet het niet. Ik ben blij als ik morgen in een skipak sta.'

Ik ben liever naakt dan dat ik me in zo'n dik pak moet hijsen.

'Kom, laten we gaan.' Nick pakt zijn spullen bij elkaar en samen lopen we naar de auto.

Na een saaie en vooral stille – want Nick is chagrijnig – autorit arriveren we in hartje Amsterdam bij sauna Deco. Bij de balie kopen we twee kaartjes en huren we badjassen en slippers. De vriendelijke receptioniste wijst ons de weg naar de kleedkamers.

Een paar minuten later komt Nick uit de kleedkamer gelopen. Hij heeft zijn benen bij elkaar geknepen. Ik kan er niets aan doen, er ontsnapt een kleine lach.

'Ja, lach jij maar, dame. Toen mijn broertje jou naakt zag, vond je dat niet om te lachen, weet je nog?'

'Dat klopt, maar toen waren we niet in de sauna, maar hadden we seks. En bovendien dat was je broertje, dat was gewoon super gênant. Hier kent niemand je.'

'Dat hoop je. Straks komen we nog bekenden tegen en daar zit ik echt niet op te wachten.'

'Dat gebeurt niet. Het is hier zo groot en we zijn in Amsterdam. We kruipen lekker samen in een hoekje van de sauna en dan vind je het vast hartstikke leuk.'

We lopen de sauna in. Nick kijkt schichtig om zich heen om te zien of er bekenden zijn. Hij lijkt net een bang vogeltje dat zijn moeder is kwijtgeraakt. Die Nick, een held zonder sokken in de sauna. O, shit, handdoek vergeten. Snel loop ik terug om hem te pakken en Nick volgt me, want stel je voor dat hij zonder mij in de sauna staat. Dat is vast heel eng.

Zonder handdoek de sauna in is zoiets als paardrijden zonder zadel. Het kan wel, maar echt prettig is het niet. Je weet maar nooit wie er voor jou op het plekje heeft gezeten. Misschien wel iemand met een vieze behaarde kont, iemand met van die dikke puisten op zijn rug of iemand die al de hele dag aan de diarree is. De rillingen lopen over mijn rug bij die gedachten. Snel gris ik de handdoek uit mijn tas.

Nick kijkt me hulpeloos aan.

'Heb jij jouw handdoek ook?' vraag ik. Dan kijk ik naar zijn voeten. Geen slippers.

'Kom op Nick, slippers zijn er niet voor niets. Het is veel

prettiger en je hebt minder kans op voetfriemels.'

Ik schuif de slippers naar hem toe en hij kijkt ernaar alsof het twee vieze beesten zijn.

'Voetfriemels. Schimmels bedoel je. Ik heb nooit schimmels, houd die vieze slippers alsjeblieft bij me vandaan.'

Ik haal mijn schouders op. Dan niet.

'Neem wel een handdoek mee, goed? Anders zit je straks met je blote billen in iemand anders…'

'Zijn friemels?' vult hij aan. Het klinkt enorm sarcastisch. Het is duidelijk dat hij hier echt geen trek in heeft. Nou, jammer dan, al dat stomme gesport, daar zie ik het nut niet van in. Ik wil me lekker ontspannen in mijn vrije tijd.

'Kom nou maar, straks is er geen plek meer.' Gelukkig loopt hij nog wel achter me aan. Ik was even bang dat hij gewoon naar buiten zou lopen.

'Het is hier heet,' zegt Nick na een kwartier.

Ik slaak een diepe zucht. 'Dat hoort zo, het is goed voor je huid en je poriën. Als je hierna een koude douche neemt, is dat ook nog goed voor je doorbloeding.'

'Ik heb het maar benauwd,' puft hij.

'Stel je niet aan,' zeg ik bits. 'Geniet van de rust en de warmte.'

'Zullen we gaan eten? Ik heb honger.'

'Nick, nu moet je ophouden! We zitten hier net een kwartier en nu heb je al honger.'

'Ik wist niet dat je kwaad werd.' Hij zakt terug op zijn handdoek en zwijgt. Nors staart hij voor zich uit. In alle boosheid vergeet hij om zijn benen bij elkaar te doen. Is het toch nog ergens goed voor. Ik kijk in het rond. De sauna zit vol met mensen, van jong tot oud en van man tot vrouw. De meeste mensen genieten er echt van. De volgende keer kan ik beter met vriendinnen gaan, dan kan ik tenminste ontspannend liggen en heerlijk genieten van de warmte en de damp in de lucht. Dan kunnen we samen knappe jongens zoeken en ze van top tot teen bekijken. Ik glimlach. De laatste keer dat we in de sauna waren, was zo ontzettend leuk. En nu? Nu zit ik hier met een chagrijnige zeurderige vent. Ik ga nooit meer met hem naar de sauna. Met mijn vriendinnen is het veel gezelliger.

'Je kijkt wel veel rond. Je bent toch niet met mannen aan het flirten?'

'Ik kijk gewoon en geniet van de warmte en de rust. Zou jij ook moeten doen. Weet je, we gaan een hapje eten en daarna naar het Turks stoombad. Misschien bevalt je dat beter.'

'Dat lijkt me wel wat. Ik heb ook massages voor vanmiddag gereserveerd.'

'Echt?' Ik ben helemaal verbaasd. Hij moet nergens wat van hebben, maar heeft wel een massage gereserveerd.

'Ja, dat leek me lekker voor morgen. Dan zijn mijn spieren los en heb ik nog meer energie voor het skiën.'

Jammer, alweer eigenbelang. Afijn, ik heb zin in zo'n massage, dus wat kan mij het ook schelen. Ik ga genieten van deze dag. Wat Nick doet, moet hij zelf weten.

Nick loopt voor me uit het restaurant in. Hij stopt bij een tafeltje aan de muur.

'Eindelijk even een rustige plek,' zegt hij.

Ik kies voor een broodje met brie en voor een glas verse jus d'orange om toch vitamines binnen te krijgen. We staren wat voor ons uit, er wordt niet gesproken. Ik durf niet eens wat te zeggen, want Nicks gezicht staat op onweer. Na tien minuten zwijgen, arriveren de broodjes.

'Lekker, hè,' zeg ik om de stilte te doorbreken.

'Ja, alleen jammer dat de brie zo klef is.'

Ik besluit er niet op te reageren. Hij zeurt overal om.

Niets is goed vandaag, dus ik laat hem lekker in zijn sop gaarkoken. 'Hoe laat is die massage?'

'Om halftwee.'

Ik kijk op de grote zilveren klok. Halfeen. Nog een uurtje. Ik ben dol op massages. De rest van de tijd kijk ik in het rond, neem kleine hapjes van mijn broodje en ben blij als er een halfuur voorbij is. Ik heb het opgegeven om de woorden uit zijn mond te trekken.

'Wil je nog iets drinken of zullen we naar het Turks stoombad gaan?' vraag ik als ook Nick zijn broodje op heeft.

'Naar het Turks stoombad,' mompelt Nick en staat op.

We nemen een plekje op de onderste zitrand in het Turks stoombad, dicht bij de kraan met koud water. Als Nick wat te piepen heeft, kan hij die sproeier pakken en afkoelen. Letterlijk en figuurlijk. Ik glimlach en vraag me af hoelang het duurt voordat Nick begint te zeuren. En dat had ik beter niet kunnen doen...

'Over vierentwintig uur zijn we op de skibaan. Ik kan niet wachten om in de sneeuw te staan. De kou op je gezicht, de sportieve mensen om je heen. Dat is een stuk beter dan dobberen in een bak water. Of zweten in een hok vol naakte mensen,' zegt Nick als we er net een kwartier zitten.

'*Come on*! Kunnen we het een beetje gezellig houden. Ik probeer te genieten van dit dagje, maar je blijft maar zeuren. Niets is goed, de kaas is zweterig, de sauna is te warm, het naakt lopen is eng.'

'Je hebt gelijk. Morgen gaan we iets doen wat ik leuk vind.'

'Precies, dus kun je alsjeblieft gezelliger doen?'

'Ik ga mijn best doen. Ik doe het voor jou, want ik ben stapelgek op je.' Hij buigt zich voorover en geeft me een kus. Ik voel de warmte, alsof er warme thee naar binnen stroomt. Ik weet het weer, ik ben dol op Nick. Dat zeuren neem ik op de koop toe. Hij doet het toch maar mooi. Hij loopt hier naakt rond, terwijl hij het eigenlijk niet prettig vindt. Dat doet hij voor mij. Dat moet ik waarderen. Ik geef hem een zoen terug en leg mijn armen om zijn nek.

'Kunnen jullie niet lezen?' vraagt een oudere vrouw. Een echte zuurpruim, dat zie je zo.

Ik kijk haar verbaasd aan. 'Lezen? Waarom dat?'

'Intiem gedrag is niet gewenst. Jullie liggen hier gewoon te vrijen.'

Ik moet moeite doen om mijn lach in te houden. Vrijen? Als dit al vrijen is, dan weet ik niet hoe ze het noemt als we écht vrijen. Waarschijnlijk krijgt ze dan spontaan een hart-aanval.

'We geven elkaar een zoen, zo intiem is dat toch niet?'

'Nee, de jeugd van tegenwoordig vindt niets meer intiem. Jullie pakken elkaar maar te pas en te onpas op de bek, zoals de jeugd het zelf verwoordt. Iedereen duikt met elkaar het bed in. Twaalf of twintig, het maakt niets meer uit tegenwoordig.'

'Mevrouw, nu draaft u een klein beetje door. Maar als u het vervelend vindt dat wij zoenen, dan stoppen wij er uiteraard mee,' zeg ik zo correct mogelijk, maar eigenlijk blaf ik haar liever af. Bah, het lijkt de dame van de sport-school wel. Heeft zij vroeger nooit een vriendje gehad of zo? We gaven elkaar gewoon een kus, meer niet. We lig-gen hier niet te seksen. Een zoen, kan dat ook al niet meer? Nick kijkt ondeugend uit zijn ogen. Alsof hij me elk moment kan bespringen.

'Je laat het, hè,' fluister ik in zijn oor. Nog iets te hard blijkbaar, want ze hoort het.

'Graag. Ik heb geen zin om naar dat vieze gesmak van jullie te kijken.' Haar gezicht betrekt. Nu is zoenen ineens

ook vies. Bovendien doet ze alsof we elkaar een uitgebreide tongzoen gaven. Het waren slechts twee korte onschul-
dige kusjes. Meer niet.

'Ze is vast non,' fluistert Nick in mijn oren.

Ik gniffel. 'Het is bijna halftwee. Zullen wij naar de massage gaan?'

'Goed idee, ik heb het hier wel gezien.'

Eenmaal op de massagetafel laat ik me helemaal gaan. Ik
ben totaal ontspannen. Een knappe man van een jaar of
dertig met grote handen wrijft heerlijk ruikende lavendel-
olie over mijn rug. Met zijn vingertoppen masseert hij mijn
schouderbladen en ik voel de stress wegebben. Ik wist helemaal niet dat ik zo gespannen was. Ik draai een paar rond-
jes met mijn nek. De spieren zijn een stuk losser. Ik snuif de
geur van lavendel op en lig genietend op de massagetafel als
de masseur zegt: 'Ik hoop dat je het fijn hebt gevonden.'
Hè, wat? Houdt hij nu al op? Is het halfuur alweer voorbij?
Ik kijk naar rechts, waar Nick ligt. Op zijn gezicht is ook
een verbaasde en teleurgestelde uitdrukking te zien.

'Dat was lekker, hè schat,' zegt hij.

'Het was heerlijk. Dat kun jij vast ook,' zeg ik en knipoog.

'Vast wel. Maar nu niet. Mijn spieren zijn net los, als ik
moet gaan masseren zit de boel straks weer vast. En dat
moet ik niet hebben; morgen skiën.' Zijn ogen glinsteren
bij het uitspreken van het woord skiën.

Daar lig ik dan met enkel en alleen een handdoek over
mijn billen, in een ruimte samen met Nick. Waar blijft de
romantiek? Het zou een leuk, gezellig, ontspannend en
romantisch dagje moeten worden. Het enige wat ik telkens
hoor, is dat we gaan skiën en verder een hoop gezanik.

'Wat ben je weer romantisch.'

'O, je wilde wat anders?' vraagt Nick en kijkt me met

ondeugende ogen aan.

'Ik wil helemaal niets.' Ik sta op. Hoe is het mogelijk! Masseren wil hij niet, maar seks hebben wel. Hij bekijkt het maar mooi. 'Laten we naar huis gaan,' zeg ik, teleurgesteld over deze dag.

'We kunnen nog wel naar de sauna gaan.'

'Nee, laat maar. Dan heb jij het te heet, te benauwd, dan krijg je honger of dan staren er mensen naar je.'

'Mandy, doe niet zo flauw. Ik doe dit voor jou!'

'Als je het écht voor mij deed, liep je niet zo te zeuren. Kom, we gaan.' Met een ruk trek ik de handdoek van de massagetafel en sla die om me heen.

*

Ik rijd de parkeerplaats in de buurt van Nicks huis op en laat de motor draaien. Hij zal toch zo wel uitstappen? Maar nee, hij blijft zitten en kijkt me indringend aan. Ik weet niet wat ik moet zeggen en hoe ik moet kijken. Verwacht hij soms een zoen?

'Zullen we ergens een hapje eten?' Er valt een stilte. Ik denk na. Misschien is het beter dat ik vanavond alleen stoom afblaas.

'Ik heb al met Eva afgesproken vanavond,' lieg ik. Ik kijk hem niet aan, wetend dat mijn ogen mij zouden verraden.

'Hoe kun je dat nou doen?'

'Hoe kan ik wat doen?' snauw ik en zet de motor af. Dit gesprek kan nog wel even duren.

'Het was toch ons weekend,' zegt hij met de nadruk op ons.

'Ik vraag me af wat er nog ons aan is.' De tranen rollen over mijn wangen. Ik leg mijn hoofd op het stuur en slaak een diepe zucht.

Nick slaat een arm om me heen. 'Het spijt me.'

'Spijt? Je begrijpt me helemaal niet, hè. Je hebt je vandaag als een puber gedragen met al je gezeur. Ik ben het helemaal zat.'

'Het spijt me. Het was niet mijn bedoeling, maar de sauna is nu eenmaal mijn ding niet.'

'En skiën is mijn ding niet,' schreeuw ik.

Nick haalt ongeïnteresseerd zijn schouders op. 'Dan blijf je morgen toch thuis.'

'Geen haar op mijn hoofd die daaraan denkt. Dan krijg ik over een poosje te horen dat ik toen niet mee ging, terwijl jij wel met mij naar de sauna ging. Ik ga morgen gewoon mee en we maken er een gezellige dag van.' Ik vraag me af hoe overtuigend dit klinkt. Ik geloof het zelf niet eens. Een gezellige dag. Hoe kom ik erbij.

Ik kom binnen in een stil huis. Ik mik mijn jas op de kapstok, smijt de tas eronder en luister naar het getik van de klok. Mijn moeder is er nog niet. Logisch, die heeft het natuurlijk gezellig met Marga en is nu vast in een luxe restaurant een biefstuk aan het eten onder het genot van een lekker wijntje en een vette roddel. Ja, daar houdt mijn moeder wel van. Ze zegt wel dat ze niet wil dat er roddels over haar verspreid worden, maar zelf behoort ze tot de tien grootste roddelaars van het dorp. Ik druk de tv aan en zap naar TMF, loop door naar de koelkast en ga op zoek naar wat eten. Ik vind een stuk kaas, een pane met overgebleven gehaktballen van gisteren en een krop sla. Verder is hij akelig leeg. Misschien moet ik toch met Eva afspreken, kunnen we ergens lekker samen gaan eten. Pizza, daar heb ik zin in! Ik loop naar de gang, vis mijn telefoon uit de tas en bel Eva.

'Met Eva,' klinkt er vrolijk aan de andere kant van de lijn. 'Niet doen, ik ben aan de telefoon,' hoor ik haar giechelen.

'O, je bent niet alleen?'

'Stijn is bij me.' En weer klinkt er een giechel.

'Laat dan maar,' zeg ik teleurgesteld. Ik had me er zo op verheugd om gezellig met Eva bij te kletsen.

'Nee, wat is er?'

'Ik wilde vragen of je een hapje mee ging eten, maar je hebt al een date.'

'Ja, ik ga straks met Stijn bij de Griek eten. Maar... Jij was toch met Nick dit weekend?' Ik hoor de verbazing in haar stem.

'Dat klopt. Lang verhaal. Vertel ik je nog wel. Tot snel en geniet van de avond.'

Voordat ze ophangt hoor ik 'niet kietelen' en dan wordt de verbinding verbroken.

Ik frons mijn wenkbrauwen. Wat ga ik dan doen? Van Sanne weet ik dat ze dit weekend niet thuis is vanwege een familiereünie. Zij liever dan ik. Iris! Ik toets haar nummer in en luister naar de monotone toon. Net als ik wil ophangen, hoor ik: 'Met Iris.'

'Je bent er toch.'

'Ja, ik kom net uit bad. Ik rende met een handdoek om mij heen naar de slaapkamer. Dondert de telefoon ook nog op de grond. Waarom bel je?'

'Heb je iets te doen vanavond?'

'Nee, eigenlijk niet. Ik wilde in mijn huispak op de bank gaan zitten.'

'Heb je zin om met mij uit eten te gaan?'

'Natuurlijk! Lekker! Zullen we daarna bij mij thuis een film kijken?'

Leuk, bij Iris is het altijd knus. Ze heeft een soort van eigen huis. Haar ouders hebben een ontzettend groot huis en in de nog grotere tuin hebben ze een tuinhuis laten bouwen. Geen houten exemplaar, maar van baksteen. Het

is net een woning, alleen dan gelijkvloers. Iris, de mazze-
laar, woont daar al in sinds ze achttien is. Ze heeft een
eigen badkamer, een kleine keuken, een woonkamer en een
slaapkamer. Ideaal!

'Gezellig. Zie ik je over een uur op het horecaplein. Dan
kiezen we daar een restaurant uit,' stel ik voor.

'Ik zal er zijn. Ik heb je ook nog iets ontzettend leuks te
vertellen.'

'O, wat dan?'

'Dat hoor je zo wel, nieuwsgierig aagje.'

6

Om zeven uur zijn Iris en ik bij het tapasrestaurant.
Eigenlijk wilde ik liever naar de Italiaan of zo, een simpele
pizza maakt mij al gelukkig. Iris stond erop naar het tapasrestaurant te gaan.

'Jij altijd met je pizza,' mopperde ze, en ik moet zeggen,
zodra ik binnenstap weet ik dat Iris de juiste keus heeft
gemaakt. Ik ben meteen dol op deze sfeervolle ruimte, maar
nog meer op het overheerlijke Spaanse eten dat zo lekker
ruikt. Wij schuiven aan een kersenhouten tafel achter in het
restaurant. Een beetje privacy vind ik wel zo fijn, niet iedereen hoeft te horen wat ik aan mijn vriendin vertel. We zitten nog geen minuut of de ober staat al bij ons.

'Willen deze prachtige señorita's alvast wat drinken?'

Daar hoef ik niet lang over na te denken. 'Doe mij maar
een witte wijn, alsjeblieft.'

'Waarom ook niet. Ik lust ook wel een wit wijntje,' knikt
Iris.

De ober kan zijn ogen niet van haar af houden, hij vergeet zelfs om haar bestelling op te nemen. Geamuseerd kijk
ik toe.

Iris ziet er ook heel modern uit. Zelfs haar nagels zijn

perfect verzorgd, op een manier die mij nooit lukt. Ze glanzen en als het licht erop valt, zie ik kleine zilverkleurige glittertjes schitteren. Haar lange blonde haren hangen glanzend in golven over haar schouders. Als je niet beter wist, zou je denken dat ze helemaal geen make-up draagt, maar ik weet hoelang ze erover doet om het allemaal zo mooi te krijgen. Haar diepblauwe ogen lijken meer te twinkelen dan normaal. Ik vraag me af waarom dat is. Zou zij... Met Jeroen? Je weet maar nooit.

'Twee witte wijn, graag?' herhaalt Iris vriendelijk.

De ober schrikt op. 'Natuurlijk,' stamelt hij. Eindelijk schrijft hij onze bestelling op en geeft hij ons de menukaart. Iris krijgt de eerste. Dan knikt hij vriendelijk en verlaat onze tafel.

'Hij vindt jou leuk,' lach ik.

Iris kijkt verbaasd om. 'Wie, die ober?'

Voor ik het weet is hij alweer terug met twee glaasjes Chablis. Met veel omhaal legt hij onderzetters neer en zet onze glazen erop. 'Zijn jullie er al uit, dames?' vraagt hij en knipoogt naar Iris.

Iris lacht vriendelijk. 'Eigenlijk heb ik de menukaart nog niet open gehad.'

'Geen probleem. Dan kom ik zo wel terug.' Zijn ogen dwalen af naar het decolleté van Iris. Ze draagt een topje van diepblauwe, soepele tricot. Het is een fraai modelletje en sluit prima om haar borsten heen. Ik kuch een keer en dan schrikt hij op. Snel loopt hij weg. Iris heeft zoals gewoonlijk helemaal niets in de gaten gehad.

'Zie je nou wel, je hebt echt sjans.'

'Wie? Ik? Van wie dan?' vraagt ze verbaasd. Ik schud mijn hoofd. Het is zo'n prachtvrouw, maar zelf is ze zich daar niet van bewust.

'Die ober. Hij keek naar je. En niet alleen naar je gezicht.'

Iris kijkt omlaag, naar haar truitje.

Ik glimlach. 'Je trekt het zelf aan. Of had je niet in de gaten hoe mooi dat shirt je staat?'

'Nee, niet echt,' lacht ze. 'Ik vond hem juist heel netjes. Zal ik dit truitje dan maar bewaren voor Jeroen?'

'Vertel, heb je hem nog gezien na dinsdag?'

'Ja. Laten we eerst een keuze maken, anders staat die ober dadelijk weer aan onze tafel te hijgen en dan weten we nog niet wat we willen eten.'

Ik sla de menukaart open. Tomaatjes met sardinetapanade, chorizo al vino tinto, datiles con bacon, albonigas, gazpacho, paprikarolletjes met geitenkaas, asperges in prosciutto. O, wat is dat weer moeilijk, er is zoveel keuze én het is allemaal zo lekker.

'Wat neem jij?' vraagt Iris. Ik lees, twijfel, maar uiteindelijk maak ik een keuze.

'De asperges, de chorizo en datiles, zijn dat dadels?'

Iris knikt. 'Dan neem ik wat van de andere schotels, kunnen we delen.'

Ik wenk de ober. Met een opgestoken duim laat hij merken dat hij ons gezien heeft.

Enkele minuten later staat hij weer aan onze tafel. Aan de kant van Iris, net wat te dicht bij haar als je het mij vraagt. 'Hebben jullie een keuze kunnen maken?'

Ik stotter op de namen. Iris vindt het net zo moeilijk om te bestellen, maar onze ober blijft reuze geduldig, vast vanwege het uitzicht. De gluiperd.

Hij noteert de bestelling op zijn schrijfblokje en verlaat onze tafel nadat hij nogmaals een blik op Iris' borsten heeft geworpen.

'Zo, en wil je me nu eindelijk vertellen wat er tussen jou en Jeroen gebeurd is?' Ik neem een slok van mijn wijn. Een te grote slok, want er loopt wijn langs mijn mond. Heb ik weer! Iris begint te lachen.

'Pardon, ik had ook zo'n zin in alcohol.'

'Dat is te zien,' lacht ze. 'Het gaat super met mij en Jeroen.'

'Echt? Vertel. Wie, wat, waar, wanneer, hoe?'

'Niet zo ongeduldig jij.' Ze vervolgt: 'Afgelopen donderdagavond heb ik met hem afgesproken. Hij belde mij op om te vragen of ik zin had om iets te gaan drinken. Ik deed natuurlijk net of ik het vreselijk druk had, en toen hij wilde ophangen zei ik, o, ik kan nog wel wat schuiven zie ik.' Iris' stem klinkt opgewekt en hoe meer ze vertelt, hoe vrolijker ze klinkt. 'We gingen wat drinken in dat nieuwe grand café in de binnenstad, en toen we daar weggingen hadden we allebei geen zin in een lawaaierige kroeg of zoiets. Zo belandden we uiteindelijk bij mij in het tuinhuis.'

'Romantisch, vertel verder,' dring ik aan.

'Wat denk je? Hij is fysiotherapeut. Het was zo heerlijk!' jubelt ze.

Ik denk aan mijn eigen massage en aan Nicks reactie toen ik hem min of meer vroeg of hij mij wilde masseren. Ik kan er niets aan doen, er ontglipt me een diepe zucht. Iris kijkt me verontwaardigd aan. 'Ik zit je zojuist iets supers te vertellen en jij begint te zuchten.'

'Het spijt me.' Ik vertel haar over vandaag. Nick en ik in de sauna en het eeuwigdurende gezeur. 'En nu gaan we morgen tot overmaat van ramp ook nog skiën.'

'Hè meid, dat is vervelend voor je.' Iris legt haar hand op de mijne maar haalt hem snel weg als de ober een aantal schaaltjes komt brengen. Ik voel ineens de tranen achter mijn ogen branden. Het liefst begin ik nu heel hard te huilen, maar ik zit in een restaurant. Wat moeten al die mensen wel niet denken. Ik haal een keer diep adem en slik. Ik doe zo ontzettend mijn best, waarom wil het niet vlotten tussen Nick en mij. En arme Iris, zij is net zo blij en dan ga ik hier een potje zitten grienen.

'Het komt wel goed,' fluistert ze.

115

Daar heb je de ober weer, ditmaal met nog meer schaaltjes in zijn handen en borden op zijn armen. Hij wil indruk maken, dat is overduidelijk. Jammer voor hem, want dat doet hij totaal niet met zijn iele lichaam. En hij komt ook nog eens op een ongelukkig moment.

'Eet smakelijk!' Hij weet niet hoe snel hij weg moet komen, blijkbaar heeft hij de je-stoort-ontzettend-uitdrukking op mijn gezicht gezien.

Ik herschik doelloos de borden op de tafel. 'Ik hoop het, o, ik hoop het zo. Ondanks alle ruzies ben ik zo gek op Nick. Ik hoef hem maar te zien om alweer helemaal blij vanbinnen te worden. Tot we weer ruzie krijgen natuurlijk. Waarom zijn wij zo verschillend?' Ik kijk Iris vragend aan. Ze geeft geen antwoord, maar houdt haar hoofd schuin en glimlacht naar me.

'Het is een fase in elke relatie. Aftasten, uitzoeken. Bij jullie gaat het heftiger dan bij anderen,' zegt ze uiteindelijk.

'Zou het? En hoelang duurt die fase dan?'

Iris stopt een paprikarolletje met geitenkaas in haar mond. 'Geen idee, maar geef het de tijd. Houd vertrouwen. Nick is een leuke jongen en over een tijd gaat alles helemaal goed. Denk daar maar aan.'

'Ik hoop het, maar ik verpest je vrolijke humeur en je verhaal over Jeroen. Weet je, we houden erover op. Eerst eten, nog een glaasje wijn, dan ziet het er allemaal vast weer zonniger uit.'

Onze ober houdt ons goed in de gaten. We zijn nog maar net begonnen met eten of hij vraagt al of alles naar wens is.

'Mocht Jeroen toch niet bevallen, kun je altijd nog voor de ober gaan,' giechel ik.

Iris kijkt me lachend aan. 'Voor geen miljoen. Hij is lang en slungelig, kijkt een tikje scheel en heeft flaporen.'

Ik kan mijn lach niet inhouden. 'En bedankt hè, namens

de ober. Hij is vast heel aardig,' plaag ik.

'Ja ja. Het is goed met jou, dame. Herinner je je die ene keer nog?'

Ik weet precies waar ze het over heeft. We hadden voordat we naar de kroeg gingen een uitgebreide discussie gehad over lekkere jongens, die zichzelf vaak zo arrogant gedragen en minder lekkere jongens die nou net meestal een goed karakter hebben. Kies je voor het uiterlijk of het innerlijk. Ik bleef voet bij stuk houden dat ik me niet meteen zou laten leiden door het uiterlijk. Als een jongen echt heel aardig en lief zou zijn, kan ik er best verliefd op worden. Diezelfde avond in de kroeg kwam er zo'n echte kroegtijger op me af. Vet, lang haar, een vale, pokdalige huid en een T-shirt dat vast nog nooit een wasmachine gezien had. Hij stapte op me af en vroeg of ik met hem wilde dansen. Iris fluisterde iets over een leuk karakter in mijn oor en ik wist me geen houding te geven. Uiteindelijk heb ik hem toch vriendelijk bedankt en dat heb ik nog weken moeten aanhoren.

'Deze jongen heeft tenminste geen lang vet haar,' lach ik.

Iris proest het uit. 'Hij heeft juist helemaal geen haar.'

Na een uur zijn bijna alle schaaltjes en borden leeg. Ik wrijf over mijn inmiddels ronde buik. 'Ik moet echt de knoop van mijn broek losmaken voor ik ontplof.'

Iris lacht: '*Me too.*'

'Ik zou even wachten als ik jou was.' Ik kijk overdreven naar rechts om te laten merken dat *mister slungel* er weer aankomt.

En ja hoor, daar staat hij. 'Willen jullie nog een toetje voor jullie vrolijke toetjes?' vraagt hij en Iris komt niet meer bij van het lachen. Onze ober staat er heel trots bij te kijken, zou hij nu echt denken dat hij zo grappig is? We lachen je uit, loser!

Na het dessert rekenen we af. Een peperdure rekening natuurlijk, want we hebben heel veel verschillende gerechten genomen. En ook het aantal wijntjes liep gedurende de avond op. Maar het smaakte heerlijk en het was gezellig, dus ik heb het ervoor over. Beter dan in mijn eentje zitten sippen in de lege en stille huiskamer, luisterend naar het irritante getik van de klok. De ober geeft Iris een briefje. Ik kijk over haar schouders mee. Er staan een naam en een 06-nummer op.

'Nee, dank je,' zegt ze. 'Mijn telefoonboekje is helaas helemaal vol.' Ze geeft het briefje terug. Ik kan er niets aan doen, er ontsnapt me een kleine lach en ik draai me meteen om naar onze jassen. Met alle moeite probeer ik de rest van mijn lach wel in te houden. Samen lopen we het restaurant uit. Ik kijk nog eenmaal over mijn schouder. De jongen staart achter de bar beduusd naar het briefje.

'Dat was wel heel gemeen van je.'

'Ja. Wat had ik anders moeten doen? Hem hoop geven? Je kunt maar beter meteen duidelijk zijn. Ik had toch niet om zijn nummer gevraagd, of wel.'

'Dat is waar. Laten we naar jouw huisje gaan. Ik heb wel zin om een leuke dvd te kijken.'

Ik ben helemaal verliefd op het tuinhuis van Iris. Ze heeft het prachtig landelijk ingericht, met veel hout en bestorven kleuren. De houten deur heeft iets sprookjesachtigs. Ze heeft ook een klein terras. Daar staat een zinken tafeltje met daarbij twee stoelen en een rieten mand. In de zomer is die gevuld met leuke, gekleurde bloemen, maar in de winter is die mand leeg en kaal. We lopen naar binnen en meteen valt mijn oog op de knalrode bank in de vorm van een paar lippen. Zoiets heb ik nog nooit gezien. Ik ga er voorzichtig op zitten en zak er helemaal in weg. Wat zit die bank heerlijk.

'Hij is gaaf, hè! Van mijn oom gekregen, je weet wel, die ene die altijd op reis is,' roept Iris vanuit de keuken.

'Heel hip! Je hebt me eigenlijk nog helemaal niet verteld hoe het verder ging met Jeroen.'

Ze komt uit de keuken vandaan met een grote schaal tortillachips. In haar andere hand heeft ze een bord met toastjes en lekkere kaasjes. Brie en port salut. Lekker! Ik wrijf over mijn nog volle buik, maar zoiets overheerlijks kan ik niet laten staan.

'Dit heb ik nog over van gisteren. Ik had het gehaald voor Jeroen en mij, maar hij had trek in heel andere dingen,' lacht ze.

'O, en dat was?'

'Iets waar ik ook wel zin in had.' Iris knipoogt. Ze houdt een paar dvd's omhoog. Ik wijs naar de dvd The Wedding Planner.

Iris duwt hem in de dvd-speler. 'Altijd leuk.'

'Was hij goed?' vraag ik tussen neus en lippen door.

'Laten we het erop houden dat hij precies wist wat hij waar en wanneer moest doen. En een uitgebreide massage was uitstekend om in de stemming te komen.' Er verschijnen blosjes op haar wangen. Heerlijk als je zo verliefd bent. Zo zou het tussen Nick en mij eigenlijk ook moeten zijn. Het is alweer een tijdje geleden dat ik zonder twijfel, zorgeloos verliefd kon zijn.

De film is afgelopen en ik strek mijn benen. Mijn spieren zijn stijf en verkrampt en ik voel me voller dan vol. Op tafel staan een lege chipskom, een lege fles wijn en een bord met de laatste resten van de kaasjes. Ik sta op en voel mijn hoofd tollen. Misschien heb ik toch te veel wijn gedronken.

'Het was gezellig,' zeg ik, en ik hoor zelf dat ik niet meer helemaal fris en fit klink. Mandy toch, je praat met een dubbele tong. *Shame on you*! Je moet morgen sportief zijn. Hoe zou dat gaan, skiën met een enorme kater?

'Vond ik ook. Ik spreek je snel. Sterkte morgen tijdens het skiën.'

Ik sluit de deur achter me en stap op de fiets. Het is koud, het vriest. Ik fiets zo hard ik kan en denk aan Nick en Jeroen. Toen Iris daarstraks vertelde over haar avondje met Jeroen, ervoer ik de romantiek bijna zelf. Zo geweldig romantisch klonk het. Als ik aan mijn eigen Nick denk, voel ik helemaal niets. Niets. Alleen leegte. Waar is onze romantiek gebleven? Als ik thuiskom zijn niet alleen mijn handen, maar is ook mijn hart bevroren.

*

Ik sta met een boterham met pindakaas in de woonkamer als ik Nick aan zie komen lopen en haast me naar de voordeur. Hij mag niet aanbellen, dan krijg ik ruzie met mam, die nog in bed ligt. Lag ik daar zelf ook maar. Ik heb een kater van jewelste. Ik maak de deur open en leg mijn wijsvinger op mijn mond.

'Laten we meteen gaan, mijn moeder ligt nog te slapen,' fluister ik. Ik pak de tas van de grond, gris de sleutels van het rekje en laat de deur zachtjes in het slot vallen.

'Op naar SnowWorld.' Nick grijpt mijn hand en knijpt er even in. 'Ik heb er zin in, jij ook?'

Ik geef geen antwoord, maar ik plaats daarvan vraag ik: 'Heb je lekker geslapen?'

'Heerlijk, en jij?'

'Ik ook, maar ik ben bang dat ik wel een flinke kater heb.'

'O ja, hoe was het met Eva?'

'Ik was met Iris,' verbeter ik.

'Iris, ook goed. Ik dacht dat je een afspraak met Eva had, maar dat zal ik wel mis hebben.' Dat is waar ook. Ik had hem verteld dat ik met Eva ging eten. Gelukkig is Nick een chaoot eerste klas, dus je kunt hem alles wijsmaken.

'Het was gezellig. We hebben tapas gegeten en daarna een dvd'tje gekeken bij Iris thuis. En ik geloof dat ik veel wijntjes op heb. Ik weet niet hoeveel en dat is maar goed ook. Aan mijn bonkende hoofd te voelen, zijn het er in ieder geval flink wat geweest.'

'Mandy toch! Heb je wel gegeten? Pas maar op dat je niet onderuit gaat.'

'Daar heb ik jou toch voor. Om me op te vangen.' Nick twijfelt. Meent ze het of meent ze het niet. Hij lacht, maar wel als een boer met kiespijn.

Daar zijn we dan. SnowWorld in Zoetermeer. Ik krijg het al koud als ik naar het gebouw kijk, geef mij maar een lekkere warme sauna, maar… Ik houd wijselijk mijn mond. Ik ga niet zeuren en mekkeren, dat heb ik plechtig met mezelf afgesproken. Ik ga me heel sportief gedragen vandaag.

'Hoeveel uur willen jullie skiën?' vraagt de vrouw achter de balie.

Nick kijkt me aan. 'Zullen we twee of vier uur doen?'

Kan het niet gewoon één uurtje, denk ik bij mezelf. 'Twee,' zeg ik snel.

'Doe maar vier uur,' zegt Nick tegelijkertijd.

De dame achter de kassa kijkt ons verward aan.

'Vier uur,' herhaalt Nick. 'Ik moet het je ook nog leren, en als je er dan toch bent, moet je er ook van genieten.' De dame achter de kassa knikt vriendelijk. Ze tikt wat in op de computer, we rekenen af en mogen doorlopen. Dan moet ik nog een skipak en ski's huren. Nick heeft die spullen uiteraard zelf. Volgens mij heeft hij zelfs meerdere pakken.

'Doe mij die blauwe maar,' zeg ik. Aan Nicks gezicht zie ik dat ik de verkeerde keus gemaakt heb.

'De rode dan?' aarzel ik.

'Geef haar eens een pak in maat S?' vraagt Nick.

De man achter de garderobe graait in het rek en trekt er

een foeilelijk pak uit, grijs en zwart is het, met van die stomme reflecterende banden. Alsof hier binnen elk moment het licht kan uitvallen zeker. De snowboots die hij ernaast zet, zijn helemaal te lelijk voor woorden. Hoe heb ik ooit kunnen denken dat skiërs hip zijn?

Met een gemaakte glimlach op mijn gezicht trek ik het skipak aan en bind de ski's onder mijn voeten. Natuurlijk gaat dat ook mis. De banden willen helemaal niet blijven zitten en als ik er eindelijk een dicht heb, zit hij veel te strak. Ik trek hem met moeite weer open.

Ik zucht eens diep en steek mijn snowboot opnieuw in de sluiting. Naast me zitten allemaal mensen die hup, klap, zo in hun ski's schieten, waarom zit ik dan zo te knoeien? Nick staat haast te trappelen van ongeduld en dat helpt ook niet. Ik krijg het er heet van.

'Nou, geef maar hier, dan maak ik ze wel vast,' zegt Nick en voor ik antwoord kan geven klikt hij de ski's al aan mijn voeten.

'Let's go,' zegt hij.

We gaan de sneeuw in. Meteen schuift mijn skilat op en neer. Help! Ik wil niet nu al vallen. Ik heb nog geen stap gezet, dat zou wel heel gênant zijn. Ik heb toch al het idee dat iedereen naar me staat te kijken.

'Kom, hup de lift in en skiën maar,' roept Nick.

'Ik hoop dat ik het kan.'

'Geen zorgen. Ik help je wel.' Hij is duidelijk een stuk beter in zijn sas dan gisteren. Maar ja, wat wil je. Hij is op een van zijn lievelingsplaatsen.

We gaan met de touwlift omhoog en eenmaal boven schrik ik. Het is toch wel een steile afdaling naar beneden. Hoe ga ik dit ooit zonder botbreuken en kleerscheuren overleven?

'Zullen we?' vraagt Nick.

'Nog eventjes kijken.' Hoe langer ik kijk, hoe enger ik het

vind. Ik moet wel naar beneden skiën, het is de enige manier om daar te komen.

'Nou, kom op. Houd de latten parallel en ontspan je knieën. Het is echt een heel makkelijke baan, wat kan je nou gebeuren.'

Ja, wat kan me nou gebeuren. Moet hij dat nog vragen?

'Zeg, je houdt de boel wel aardig op, hè.' Een meisje in een prachtig helderblauw skipak glijdt voor me langs. Ze werpt me een minachtende blik toe.

'De beginners kunnen beter langs de zijkanten gaan,' zegt ze tegen Nick. Hij lacht ook nog, die lul!

Ze knipoogt naar hem en glijdt dan naar beneden. Ik hoop dat ze onderuitgaat, maar nee hoor, ze glijdt heel elegant naar beneden.

'Oké, laten we maar gaan. Let alsjeblieft op me,' vraag ik en doe moeite om de trilling in mijn stem te onderdrukken.

'Doe ik.' Twee seconden later glijdt hij naar beneden. Ja ja, ik help je wel. Mooi niet dus. Daar sta ik dan. Moedig begin ik ook aan de afdaling, maar het valt nog niet mee. Ik zie dat Nick al beneden is voor ik halverwege ben. Hij loopt weer naar de touwlift. Verdomme, kan hij niet op mij wachten. Hij staat alweer boven als ik beneden sta te kijken naar een paar kinderen op een slee. Met een volle vaart komt hij aangeskied.

We zijn inmiddels een uur verder en ik vind er niks aan. Nick is veel sneller en ik ben hem telkens kwijt.

'Wacht nou op me,' schreeuw ik als Nick opnieuw naar de touwlift loopt. Hij draait zich om.

'O, stond je daar nog? Waarom moet ik wachten? Het is een kwestie van met de lift naar boven en dan naar beneden glijden. Dat is toch niet zo moeilijk.'

'Jij bent veel sneller dan ik. Ik vind het eng om zo hard te gaan. Jij bent steeds weg. Als ik niet samen met jou ski, is er al helemaal geen bal aan. Dan kan ik hier net zo goed in mijn eentje zijn en als ik dan toch alleen ben, dan ben ik liever niet hier.'

Hij kijkt me verbluft aan, alsof hij helemaal niet snapt waar ik het over heb.

'Wel alle, ik ging toch ook mee naar die stomme sauna van jou? Beetje passief in een benauwd stikhok zitten, ik zie het niet hoor, wat is daar de lol van?'

'Het is romantisch! Het is ontspannen! Ik dacht dat sporters sauna's en massages zo fijn vinden, voor hun spieren en zulke onzin. Je loopt er in elk geval niets van op. Dit,' ik gebaar woest om me heen, 'dit is martelarij.'

Hij is een moment stil en ik begin te hopen dat hij toch inbindt, maar dan zegt hij: 'Ik heb voor vier uur betaald. Doe maar wat je wilt, ik ga skiën.' Met grote passen loopt hij weer naar de lift. Het grietje in het helderblauwe pak volgt hem.

Ik blijf verstijfd staan. Hij meent dit toch niet echt? Maar dan gaat hij met de lift weer naar boven. Ik kijk naar kinderen, verliefde stelletjes en andere mensen die veel plezier hebben op de skibaan. Ik laat me toch niet kisten. Ik ga verdorie ook keihard naar beneden, net zo snel als Nick. Ik zal hem laten zien dat ik geen mietje ben. Vlug loop ik naar de lift en als ik boven ben, zucht ik een keer diep. Latten parallel, knieën ontspannen. Daar ga ik dan.

Het eerste stukje lukt nog wel, ik buig door mijn knieën en ik voel zelfs dat mijn heupen in de juiste stand staan. Al snel gaat het veel harder dan ik eigenlijk aankan en staat er ook nog een jongen voor me die veel te langzaam gaat. Ik moet eromheen sturen... Maar help, hoe doe ik dat? Net op tijd weet ik de jongen te ontwijken, alleen ben ik nu mijn balans helemaal kwijt. Mijn knieën beginnen te knikken. Ik voel dat ik niet zo stabiel meer op de skilatten sta. Het lukt me om nog uit te wijken voor een paar mensen, maar dan glijdt mijn rechterski over een bobbel in de sneeuw en maakt een rare beweging. Met een harde klap val ik op de grond, midden in de sneeuw. Mijn rechterenkel heeft een flinke dreun gekregen. Hij steekt, brandt en voelt raar. Ik probeer de pijn te verbijten, maar het lukt niet. Als ik een van mijn tenen wil bewegen, springen de tranen in mijn ogen. Ik zal hem toch niet gebroken hebben? Meteen staat er een groep mensen om me heen.

'Wat is er gebeurd? Lukt het? Heb je pijn? Kun je opstaan?' hoor ik. Ik wil knikken, maar als ik een teen beweeg, flitst de pijn met enorme scheuten naar mijn enkel.

'Met wie ben je hier, of ben je alleen? Moeten we je naar de dokter brengen?' Ik ga rechtop zitten en kijk zoekend om me heen.

'Nick, ik ben met Nick,' mompel ik. Waar is hij eigenlijk? Er komen mensen met een slee aan. Voorzichtig helpen ze me op de slee en trekken me naar beneden. Ik krijg koffie en eindelijk, tien minuten later, komt Nick eraan.

'Nick! Waar bleef je?'

'Ik wist toch niet dat je gevallen was. Ik zie je net pas zitten, die ene vrouw zei tegen me dat je hier zat. Wat is er gebeurd?'

'Ik kwam onderweg een aap tegen en die duwde me onderuit, nou goed,' zeg ik bot.

'Kom op, Mandy! Ik stel gewoon een normale vraag.'

'Ik baal hier ontzettend van. Ik heb heel veel pijn. En ik kan er denk ik niet op lopen. Dat stomme skiën ook. Waarom bleef je dan niet bij me?'

'Wist ik veel dat je zou vallen,' zegt Nick droog.

'Gaan we nog wat doen?'

'Wat wil je doen?'

'Ik bedoel eigenlijk, misschien kun je me naar een dokter brengen of naar de Eerste Hulp in het ziekenhuis. Ik kan echt niets meer. Ik zit me hier niet aan te stellen, voor het geval je dat denkt.'

'Dat dacht ik ook niet. Natuurlijk kan je niets meer.'

'Is dat sarcasme wat ik hoor?'

Hij trekt zijn ski's uit en kijkt me niet aan.

'Laten we maar snel gaan. Misschien heb ik wel een gebroken voet of zo.'

'Wie zal het zeggen.' Nick zet zijn ski's aan de kant en tilt me naar de kleedruimtes. Daar helpt hij me om dat enorm onhandige, dikke, inmiddels nat geworden skipak uit te trekken. Ik ben blij als dat idiote geval niet meer om mijn lichaam zit. Met wat gedoe wurm ik me in mijn linker- schoen. De rechtervoet doet te veel pijn om een schoen aan te trekken. Dus besluit ik om hinkelend op een been naar de auto te gaan. Ik steun met mijn arm op Nick en ben blij als ik de auto bereik. Dat valt nog niet mee op één been.

'De volgende keer minder zuipen voor je gaat sporten,' grapt Nick. Rotzak. Hij heeft geluk dat ik zoveel pijn heb, anders zou hij de wind van voren krijgen.

We rijden stilzwijgend naar het ziekenhuis in Zoetermeer. Nick tilt me op en neemt me mee naar binnen. Daar mel- den we ons bij de balie. In de wachtkamer zit een moeder met een klein kind en er zit een oudere meneer met een keukenhanddoek om zijn hand gebonden. De handdoek is met bloed doordrenkt. Ik wend mijn blik snel af, want ik kan niet zo goed tegen bloed. Een paar minuten later wordt deze man naar de behandelkamer geroepen. Ik leg mijn been op een stoel en staar naar de vrouw met het kindje.

Ze knikt vriendelijk. 'Hij heeft een knikker in zijn neus gestopt.'

Ik kijk geschokt. 'O jee, dat is niet best.'

'Nee, maar het komt vast goed.' Zij blijft vrij kalm. Knap, hoor. Als ik een ziekenhuis zie, ben ik al in paniek. Ik houd helemaal niet van dokters en ziekenhuizen. Zal wel komen door mijn lage pijngrens. Van een spuit word ik al hyper en van slangetjes ga ik bijna beven.

Ik knik. 'Sterkte ermee.'

Nick drentelt onrustig heen en weer. 'Heb je veel pijn?'

'Ja.' Ik kijk naar mijn enkel, die ook een stuk dikker is dan normaal. De vrouw met het jongetje mag naar binnen, dus waarschijnlijk ben ik hierna aan de beurt. Ik slaak een diepe zucht. Hij is vast gebroken. Gadver. Dan kan ik een paar weken bijna niets. Dat kan ik echt niet gebruiken met mijn nieuwe kamer. Ik wil winkelen, opruimen en klussen. En natuurlijk kennismaken met mijn nieuwe huisgenootjes.

Tien heel lange, stille minuten later word ik geroepen.

'Help me even,' zeg ik tegen Nick als ik moet opstaan. Ik hinkel naar de spreekkamer, leunend op Nicks arm.

'Vertel, wat is er gebeurd en waar heb je pijn,' zegt de dokter.

'Ik ben gevallen met skiën. Ik hoorde een krak en voelde meteen dat het mis was. Mijn enkel doet ontzettend veel pijn, hij steekt en is ook dikker geworden.'

'Laten we eens kijken,' zegt hij en trekt mijn sok uit. Charmant, die rood-roze gestreepte, zeer versleten sokken van de Hema. Gelukkig is de arts een ik schat vijftigjarige man en geen lekkere hunk. Hij geeft vast geen moer om mijn sokken. Hij beweegt mijn voet heen en weer en besluit dan om een röntgenfoto te laten maken om te zien of de enkel gebroken is.

'Op de afdeling radiologie, B50, kun je een foto laten maken. Dan zie ik je daarna graag weer terug.' Hij kijkt Nick aan. 'Bij de hoofdingang staan rolstoelen. Dat is makkelijker dan hinkelen.' Nick knikt.

Na een paar minuten komt Nick terug met de rolstoel. Ik ga erin zitten en laat me naar de röntgenafdeling rijden.

Het ziekenhuis is net een doolhof. Ondanks de bordjes is de weg nog moeilijk te vinden. Uiteindelijk komen we op de afdeling radiologie aan. Nogmaals moeten we dik een kwartier wachten en dan wordt de foto gemaakt.

We gaan weer terug naar de Eerste Hulp. Opnieuw met de rolstoel.

'Hé, let op,' zegt Nick en hij begint te rennen, slingerend door de gang heen, 'dit heb ik altijd al eens willen doen.' Hij klinkt erg tevreden met zichzelf. Ja, lekker makkelijk, hij hoeft niet in die stomme stoel te zitten.

'Kun je niet een keer normaal doen?'

'Beetje humor mag toch wel?' zegt hij onschuldig en racet dan nog harder de hoek om. Bijna een aanrijding met een man met een infuuspaal. Ik schrik me rot.

'Nick. Dit kan echt niet! Nu moet je ophouden. Kijk wat je doet, bijna een botsing met die man.' Ik bied hem mijn excuses aan. Eigenlijk had Nick dat moeten doen, maar in plaats daarvan rijdt hij weer verder.

We komen aan op de Eerste Hulp, in afwachting van de uitslag van de foto. Nick rijdt met de rolstoel naar het raam. Hij trapt hem op de rem en laat me daar staan. 'Zo, dat zal je beter bevallen.'

'Wat? Waar heb je het over?'

'Je doet me denken aan mijn oma. Die zat ook altijd voor het raam.' Ik voel de woede in me naar boven komen. Is hij nu helemaal gek geworden! Eerst met me over de gangen sjezen, me nu in een rolstoel voor het raam zetten en er dan ook nog grappen over maken.

Ik verhef mijn stem: 'Vind je dat leuk, die grappen?'

Hij haalt zijn schouders op. 'Ik wil je afleiden. Sorry hoor, dat ik je probeer op te vrolijken.'

'Noem je dit afleiden. Eerst als een gek met die rolstoel door de gangen in het ziekenhuis racen en me dan nu ook nog vergelijken met jouw oma.' Mijn hart bonkt. Het bloed stroomt snel door mijn lichaam en mijn hoofd begint te koken.

'Doe niet zo moeilijk. Wees blij dat ik met je mee ga,' zegt Nick kalm.

'O, nu moet ik je nog dankbaar zijn ook. Weet je, als je niet normaal kunt doen, flikker dan gewoon op,' schreeuw ik. Ik ben het beu, meer dan beu. Eerst verziekt hij mijn saunadagje met zijn gezeur, dan moet ik mee skiën, nu zit ik in het ziekenhuis en vindt hij het nodig om grappen te maken.

Nick kijkt me recht aan. Hij lacht tenminste niet meer, maar hij zegt ook niets en blijft maar kijken.

'Ja, wat wil je nou?'

Dan draait hij zich om en loopt weg.

Daar zit ik dan in mijn rolstoel voor het raam. Ik kan geen kant op. Dat ding staat op de rem en Nick is weg. Hij zal toch niet echt weg zijn?

De verpleegkundige roept: 'Mevrouw Scholten, u kunt meekomen.' Ik kijk moeilijk, niet wetend hoe ik die rem van dat ding afkrijg. Dus sta ik wankelend op. De verpleegster schiet me meteen te hulp.

'Is uw vriend er niet meer?' vraagt ze voorzichtig.

'Nee,' zeg ik kortaf. De verpleegkundige voelt goed aan dat ik niet vrolijk ben en zwijgt. Ze rijdt me de behandelkamer in waar de arts in zijn witte jas op me wacht. Meteen bekruipt me een gevoel van angst. Van witte jassen word ik altijd akelig, bang zelfs.

'Ik heb de foto bekeken, jouw enkel is gelukkig niet gebroken. Je hebt een gescheurde enkelband.'

Ik schrik. 'Ze hoeven toch niet te opereren, hè?' Mijn stem trilt.

'Welnee, ben je mal. Met rust gaat dat eigenlijk altijd vanzelf weer over. Ik ga er verband omheen doen en dan kun je een paar dagen niet lopen.'

'Balen!' Maar ik ben allang blij dat ik niet geopereerd hoef te worden. 'Wanneer kan ik dan weer alles doen?'

'Na een paar dagen kun je lopen en je voelt zelf hoeveel beter het dan gaat. Bij de een geneest het sneller dan bij de ander.' De dokter pakt mijn voet vast, trekt de lelijke sok weer uit en wikkelt mijn voet in het verband. Het eindresultaat is een voet in de vorm van een dikke meloen. Lekker is dat! Hoe kom ik nu naar huis?

'Beterschap ermee,' zegt de arts.

Ik mompel een dankjewel en met de rolstoel rijd ik weer naar buiten. Een taxi bellen dan maar. Bij de balie vraag ik aan de receptioniste of ik een belletje mag plegen. Mijn telefoon ligt nog bij Nick in de auto. Gelukkig heb ik wel mijn portemonnee hier, omdat het ziekenhuis mijn ID-kaart nodig had. Gelukkig maar, nu kan ik in ieder geval de taxi betalen. Ik voel me gehandicapt met die voet én zonder telefoon. Totaal immobiel.

De taxi staat klaar en een verpleegkundige is zo aardig om mij erheen te brengen. Hart voor hun vak hebben die mensen zeker. Ze verdienen een dikke tien, dat kun je van Nick niet zeggen. Wat een eikel dat hij me hier zo achterlaat. Goed, ik riep natuurlijk zelf dat hij op moest rotten. Maar… Wist ik veel dat hij ook écht weg zou gaan. Als je ga het dak op zegt, ga je toch ook niet meteen boven op het gebouw zitten. Hij stikt er maar in. Ik ga hem niet bellen. Nu niet en morgen ook niet. Hij belt of er wordt niet gebeld. Punt.

7

Ik kom hinkelend bij de voordeur aan en druk op de bel,
maar er doet niemand open. Natuurlijk, mijn moeder is
vanavond niet vroeg thuis. Ze is weg met haar lover. Mijn
huissleutels zitten in de tas die bij Nick in de auto ligt. Ik
bel aan bij de buurvrouw en tot mijn grote opluchting doet
ze open.

'Wat heb jij gedaan?' vraagt ze, kijkend naar het verband
om mijn voet.

'Klein ongelukje. Kan ik onze huissleutel krijgen?' Ik
ben blij dat mam daar ooit een sleutel heeft neergelegd.
Het is haar namelijk vaak genoeg overkomen dat ze de
deur dichtgooide en haar sleutels vergat.

'Ben je hem vergeten?'

'Eh, ja zoiets.' Ik heb geen puf om het hele verhaal uit de
doeken te doen. Buurvrouw kennende biedt ze me dan een
kop thee aan en vraagt ze me het hemd van het lijf. Om
vervolgens bij háár buurvrouw mijn verhaal weer te vertellen. Nee, liever niet.

Ze komt terug met de sleutel. Ik open de deur, zet hem
op een kiertje en geef de sleutel weer terug.

'Bedankt.'

Ik ga naar binnen en plof neer op de bank. Ik kom hier de komende uren niet meer vanaf. Wat een enorm klote-weekend. Alleen het etentje met Iris was leuk, maar daar is ook alles mee gezegd. Ik staar voor me uit. Ik kan een paar dagen niet lopen. Hoe moet dit nu verder? Dat ik een paar dagen niet naar school kan, is natuurlijk een heel groot probleem. *Absolutely not!* Ik blijf lekker thuis. Uitslapen, twitteren, msn'en, hyven en een boek lezen. Maar ik moet morgenavond wel naar mijn kamer om de sleutel te halen en het contract te tekenen. Ik kan nu niet met het openbaar vervoer naar Eindhoven en dan hinkelend naar het studentenhuis. Toch ga ik het écht niet afzeggen. Mijn moeder is morgen werken, dus haar kan ik het niet vragen. Sanne. Sanne heeft een auto. Ik ga haar bellen. Ik kijk in het rond en dan herinner ik me weer dat de telefoon bij Nick ligt. Dat is echt reuze irritant, maar ik vertik het om hem te bellen.

Ik hinkel naar de computer en zet hem aan. Ik open msn. Met een beetje mazzel is Sanne online. En ja hoor, ze is er. Ik begin te typen.

Mandy zegt:
Ha Sanne. Hoezie?

Sanne zegt:
Goed met jou?

Mandy zegt:
Niet zo goed. Ik heb ruzie met Nick en ik heb een klotewee-kend gehad.

Sanne zegt:
O jee, hoe komt het, meis?

Mandy zegt:
Lang verhaal. Heb je zin om ff langs te komen? Ik wilde je bellen, maar Nick heeft mijn foon. Ik dacht al dat je online zou zijn.

Sanne zegt:

Nick heeft jouw foon? Waarom dat? En ja, ik kom er zo aan.
Mandy zegt:
Ja, hij heeft mijn spullen nog in zijn auto liggen, maar ik vertik het om ze te halen.
Sanne zegt:
Zal ik ze ff bij hem ophalen voor je. Zonder foon is niets.
Mandy zegt:
Klopt, ik voel me immobiel zonder dat ding en met de voet in het verband.
Sanne zegt:
Voet in het verband?
Mandy zegt:
Ja, ik vertel het je zo allemaal wel.
Sanne zegt:
Oké. Ik stap nu in de auto. Dan rijd ik ff langs Nick om je spullen te halen. Zie je zo. xxx
Mandy zegt:
Dankje. xxx

Ik beantwoord nog een paar krabbels op hyves, check mijn mail en sluit weer af. Geen krabbel van Nick, geen mailtje van Nick. Kan mij het ook allemaal schelen. Ik hoef hem niet meer te zien.

Ik hink naar de vriezer en leg er een pak minitompouces uit. Ik heb zin om me vol te proppen tot ik misselijk word. Ik schenk twee glazen cola in en zet ze op het aanrecht.

Een kwartier later gaat de bel. Het is Sanne. Ik ben blij om haar te zien. Ik moet de ellende van vandaag aan iemand vertellen.

'Je hebt een nieuwe jas!' Het is een beeldige zwarte chique jas. Hij staat haar geweldig. Dat komt natuurlijk door haar slanke lijntje. Haar lange, steile blonde haren hangen er sierlijk overheen. Dat Sanne nog geen vriendje heeft, snappen wij allemaal niet. Ze is zo ontzettend mooi. Ze is niet voor niets al een paar keer voor modellenwerk gevraagd. De scouts vallen voor haar lengte, mooie blonde haren en haar grote blauwe twinkelende ogen. Sanne daarentegen wil er niets mee. Ze is nooit ingegaan op voorstellen van modellenscouts. Ze droomt van een eigen winkel en niet van een modellencarrière. 'Kan mij dat rotgeld schelen,' zegt ze als anderen zeggen dat het ontzettend veel verdient als model. 'Misschien mag je wel naar Los Angeles, London en Parijs.' Ook daar geeft Sanne niets om. Daar wil ze wel heen, maar niet om ontzettend hard te moeten werken. Het leven van een model is geleefd worden, zegt ze altijd. Ik denk dat ze gelijk heeft. Je moet overal maar komen opdraven wanneer het de opdrachtgevers uitkomt.

Ze trekt haar jas uit en hangt hem aan de kapstok. Dan geeft ze me mijn tas, met daarin mijn huissleutels en mijn mobieltje.

'Dank je wel. Je bent een schat. Zei hij nog iets?'

'Eigenlijk niet zoveel. Alleen: durfde ze dat zelf niet op te halen? Ik heb daar maar niet op gereageerd en ben weer gegaan.'

'Goed gedaan, en nogmaals bedankt. Heel irritant zonder telefoon. Alle nummers staan erin. Dan pas besef je hoe afhankelijk je van dat ding bent.'

Sanne knikt.

'Er staan twee glazen cola in de keuken. Wil jij die pakken? Als ik dat doe, klotst de boel eroverheen met mijn gehink.'

'Doe ik. En daarna moet je me vertellen wat je met die voet hebt gedaan en wat er tussen jou en Nick gebeurd is.'

We zitten op de bank. De glazen cola en minitompouces staan op de salontafel. Een halfuur later heb ik het verhaal van begin tot eind verteld.

Sanne kijkt me verontwaardigd aan. 'Dat geloof je toch

niet. Wie laat zijn vriendin nu met een gescheurde enkelband achter in het ziekenhuis.'

'Een lul,' zeg ik. 'Nick dus,' voeg ik eraan toe.

'Of zou hij echt gedacht hebben dat je wilde dat hij ging?'

'Ik weet het niet, maar zou jij zoiets doen? Zou jij gaan als iemand niet kon lopen?'

Sanne twijfelt. 'Nee, ik denk het niet.'

Ik denk even na. Wat zou ik zelf doen? Hem laten staan in het ziekenhuis? Ook al vroeg hij er zelf om. 'Nee, ik had dat zelf ook nooit gedaan. Het minste wat je kunt doen is iemand veilig thuisbrengen.'

'Inderdaad. Wat een loser, die Nick.'

'Ik zit nu wel mooi te kijken. Ik moet morgen mijn sleutel voor mijn kamer ophalen en het contract tekenen, maar dat kan ik nu niet alleen. Mijn moeder is werken. Heb jij morgenavond tijd en zin om mee te gaan?'

'Ja hoor, ik pik je wel op en breng je naar Eindhoven. Geen probleem.'

'Heel fijn. Lief van je.'

Sanne neemt een hap van haar minitompouce en met volle mond zegt ze: 'Hoe gaat het nu verder tussen Nick en jou?'

'Wat zeg je?' lach ik, maar voordat ze de vraag kan herhalen geef ik antwoord. 'Ik weet het niet. Ik geloof dat het nu uit is, maar misschien ook wel niet. Eén ding is zeker: ik ga hem niet opbellen.'

Ik neem zelf ook een minitompouce en nog één en nog één. Sanne slaat een arm om me heen. Zwijgend staren we voor ons uit.

'Heb je al gegeten?' vraagt ze.

'Nee.' Ik staar naar de minitompouces. 'Hoewel, die dingen, maar eigenlijk smaken ze me niet.'

'Niet als je er zoveel in één keer eet,' lacht Sanne. 'Zal ik Chinees halen?'

Dat sla ik niet af. Ik pak mijn portemonnee en haal er een briefje van vijftig uit. Ik geef het aan Sanne. 'Goed idee. Ik trakteer.'

'Dat hoeft niet,' zegt ze. Zo is ze, altijd bescheiden.

'Jawel, je bent speciaal voor mij hierheen gekomen. Nu ga je nog Chinees halen voor me en morgen breng je me naar mijn kamer. Daar mag best een bedankje tegenover staan.'

'Welnee, dat doen vriendinnen voor elkaar.'

'En vriendinnen trakteren elkaar. Dus dat doe ik nu. Hup, schiet eens op. Ik heb honger,' lach ik en knipoog.

'Ik ben al weg. Tot zo,' roept ze vrolijk. Ik ben blij dat ze hier is. Dat leidt af en bovendien kan ik nu zelf bijna niets. Ik vraag me af hoe ik straks naar boven moet om te slapen. Waarschijnlijk op mijn kont, treetje voor treetje.

Een halfuur later komt Sanne met twee witte plastic tassen de huiskamer binnengelopen. Ik snuif de heerlijke geur van de satésaus op.

'Ik heb de tafel alvast gedekt,' zeg ik. Mijn maag begint te rammelen bij het zien van al dat lekkers op tafel. Gebakken banaan, bami, nasi, kroepoek en natuurlijk saté.

'Smakelijk eten!'

'Jij ook,' zegt Sanne en schept haar bord vol.

'Heb je zin om volgende week zaterdag mee te gaan naar Ikea? Volgens de dokter kan ik dan weer lopen. Ik vraag of Iris en Eva ook meegaan.'

Sanne denkt na, pakt haar tas erbij en slaat haar goudkleurige agenda open.

'Ja, dan kan ik wel. Ik heb nog niets staan. Gezellig!'

'Dan ga ik op zoek naar een mooi en lekker bed en natuurlijk naar leuke hebbedingetjes.'

'Ik ben verslaafd aan winkelen bij Ikea. Misschien vind ik voor mezelf ook nog wel iets leuks,' lacht Sanne. Ze likt ongegeneerd haar met satésaus besmeurde vingers af. 'Mmm, lekker.'

'Ja, het smaakt inderdaad super. Het is veel te lang geleden dat ik Chinees at.'

'Voor mij ook,' beaamt ze.

'Ik heb gisteravond nog wel tapas gegeten samen met Iris.'

'O, dat is ook lekker. Was het gezellig?'

'Zeker. Ze heeft gedated met Jeroen, wist je dat al?'

'*Of course*,' lacht ze. 'Ik kreeg een sms'je van haar.'

'Leuk, hè? Ik hoop dat er wat moois opbloeit. Ik gun het haar zo.'

Sanne knikt instemmend.

'En jij? Hoe staat het bij jou in de liefde?'

'Ik heb besloten dat ik voorlopig vrijgezel blijf. Een scharreltje hier en daar vind ik prima, maar een vaste relatie wil ik nog niet. Ik wil gewoon lekker vrij zijn. Geen gesodemieter met ruzies, vaste afspraken etc. Laat mij nog maar genieten van mijn vrijgezelle leventje. Ik ben bijna klaar met mijn opleiding en dan wil ik een eigen winkel openen, maar dat is geen verrassing voor jullie. Daar gaat vast veel tijd in zitten.'

'Klopt. En je bent nog jong, dus je hoeft je ook nog niet te binden. Daar komt alleen maar gezeik van,' zeg ik en knipoog.

Ze eet het laatste restje bami van haar bord. 'Het komt wel weer goed. Zo niet, dan zijn er nog genoeg leuke mannen op aarde. Ik heb trouwens genoeg gegeten.'

Ik knik bevestigend. 'Ik heb nog ijs in de vriezer liggen. Lust je ook?'

'Dat sla ik niet af.'

Ik wil opstaan, maar Sanne houdt me tegen. 'Ik pak het wel. Blijf jij maar zitten, manke!'

Met schaaltjes sorbetijs in onze handen en een filmpje duiken we op de bank. Ik lepel het schaaltje sorbetijs tot op de bodem leeg en haal daarna mijn vinger er nog doorheen. Verrukkelijk! Ik wil opstaan om de schaaltjes op te ruimen, maar Sanne reageert direct. Ze komt overeind, brengt ze naar de keuken en komt terug met een fles wijn en twee glazen.

'Mijn idee,' lach ik. 'Hoe raad je het?'

Sanne knipoogt en ontdoet de fles soepel van de kurk. Dat doet ze vaker, onze Sanne.

Gedachteloos laat ik wijn tegen de rand van mijn glas aan klotsen en kijk naar de kolk die er ontstaat. Een huilende vrouw en droevige achtergrondmuziek zorgen ervoor dat ik mijn ogen weer op de televisie richt. Ik krijg meteen een brok in mijn keel. Een slok van mijn wijn helpt niet, de brok wil niet weg.

Anderhalf uur later is de film afgelopen. Ik pink een traantje van mijn wang en kijk naar Sanne. Haar gezicht is ook betraand en ze knippert onrustig met haar ogen.

'Dat was een heftige film,' zeg ik met de brok nog steeds in mijn keel.

'Zeg dat wel, triest maar wel heel mooi én realistisch.' Ze snikt nog even na en vraagt dan: 'Hoe laat zal ik morgen bij je zijn?'

'Ik moet er om acht uur zijn.'

'Dan kom ik rond zeven uur. Kunnen we nog wat drinken en daarna rijden we weg. Oké?'

'Ja, dat lijkt me een goed plan. Heel fijn dat je dit voor me wilt doen.'

'Daar zijn we vriendinnen voor, dat had ik je al gezegd. Geen dank dus. Ik ga er nu vandoor. Ik moet morgen weer vroeg op. Naar school. Geniet van je vrije dagen. Ik neem aan dat je niet naar school gaat nu?'

'Nee. Dat is het enige voordeel van deze meloenvoet,'

lach ik en wil alweer opstaan.

Sanne gebaart met haar handen dat ik moet blijven zitten. 'Ik kom er wel uit.'

Ik zit op de bank en staar voor me uit. Het is halfelf, slaap heb ik nog niet. Ik denk dat ik maar een warm bad ga nemen en daarna lekker met een boek mijn bed in kruip. Voor de zekerheid neem ik mijn mobieltje mee de badkamer in, het kan zijn dat Nick nog belt om zijn excuses aan te bieden. Je weet maar nooit.

De trap is een probleem. Eerst probeer ik op mijn ene goede been naar boven te hopsen, maar dat gaat al mis bij trede twee. Het scheelt niet veel of ik val weer. Dan maar achterstevoren. Op mijn kont schuif ik trede voor trede naar boven.

Als ik in de badkamer aankom, moet ik op adem komen voor ik de kraan opendraai. Ik gooi een flinke scheut badschuim in het bad en de heerlijke geur van zoete amandelen verspreidt zich door de badkamer. De telefoon leg ik zolang op de rand van het bad. Ik kleed me uit, ook weer een hele uitdaging op één been, en ondertussen vraag ik me af hoe ik dat met het verband ga doen. Dat mag natuurlijk niet nat worden. Ik hinkel naar mijn slaapkamer, pak een van de zachte sierkussens en ga terug naar de badkamer. Ik verplaats het mobieltje naar de handdoekenplank en leg het kussen op de rand van het bad. Voorzichtig laat ik me in het water zakken. Het komt precies goed uit, ik kan mijn zere voet op het kussen leggen en zo blijf ik niet alleen droog, maar ligt mijn voet ook lekker zacht. Dit ligt best relaxed. Mijn spieren ontspannen door het warme badwater. Ik pak een fles shampoo en smeer een flinke klodder in mijn haren. Ik wrijf met mijn vingertoppen over mijn hoofdhuid heen. Met een spons maak ik het been dat niet in het water ligt schoon en stap vervolgens uit bad.

Ik trek mijn huispak aan, die heeft zo'n lekkere wijde broek en die glijdt makkelijk over mijn ingezwachtelde enkel. Het sporten in de sportschool dinsdag kan ik ook wel shaken! Niet dat het erg is, want op sporten ben ik toch niet zo dol. Maar... Ik wil Jeroen en Iris wel graag samen zien. Ik zal blij zijn als ik weer normaal kan lopen. Ik kruip mijn bed in, trek de dekens over me heen, knip mijn nachtlampje aan en pak mijn boek van het nachtkastje. Een lekkere chicklit over een meisje dat verliefd wordt op een rijke man, alleen heeft ze er geen idee van dat hij rijk is. Heerlijk! Even wegzwijmelen in een andere wereld. Een wereld waarin iedereen geld genoeg heeft, in luxe leeft en alle relaties voor eeuwig en altijd gelukkig aflopen. Had ik dat maar. Na een paar pagina's worden mijn ogen al zwaar en voel ik me slaperig. Vaag bedenk ik dat mijn mobiel nog in de badkamer ligt. Ik zal hem zo pakken. Of toch niet? Ik leg het boek op mijn nachtkastje en doe de lamp uit. Morgen weer een dag.

*

Als Sanne aanbelt, maakt mijn hart een sprongetje. Ik kan niet wachten tot ik bij mijn kamer ben. Ik ben zo opgewonden dat ik in mijn gedachten de kamer al tien keer geschilderd, opgeruimd en ingericht heb.

'Thee?'

'Graag.' Sanne loopt naar binnen, gooit haar tas op de grond en gaat op de bank zitten. 'Hoe was je dag vandaag?'

'Heerlijk relaxed,' lach ik. 'Ik hoefde helemaal niks.'

'En heb je nog wat van Nick gehoord, toevallig?'

Ik voel een golf van woede opkomen, maar wil dat niet laten merken. 'Nee, maar dat had ik ook niet verwacht. Het maakt me niets uit,' zeg ik zo rustig mogelijk en haal nonchalant mijn schouders op.

'Doe nu maar niet of het je niets doet,' prikt Sanne erdoorheen. 'Ik zie aan je dat je het wel erg vindt.'

'Niet waar. Echt niet. Als hij mij niet belangrijk vindt, dan vind ik hem een nul. Niets meer en niets minder.'

Sanne zwijgt. Ze nipt aan de rand van haar theeglas en kijkt om zich heen. 'Zullen we zo maar gaan dan?'

'Oké. Ik kan niet wachten tot we er zijn,' beken ik.

'Dat snap ik. Ik ben benieuwd naar je kamer. Ik mag hem toch wel meteen zien?'

'Van mij wel. Je moet wel zelf naar boven. Je denkt toch niet dat ik, zoals ik dat hier doe, op mijn kont de trap op ga.'

Sanne probeert een lach te onderdrukken. 'Ik wil je niet uitlachen, maar grappig is het wel. Ik zie het al helemaal voor me.'

'Ja ja, lach jij maar. Wacht maar tot jij met zo'n manke poot rondloopt,' plaag ik.

Sanne begeleidt me naar de auto. De muziek van Guus Meeuwis schalt door de kleine Suzuki. Sanne is een enorme fan van Guus. Ik ben een paar keer met haar mee geweest naar een concert en kan niet ontkennen dat het er gezellig is. Brabantse gezelligheid, bier en veel geblèr van fans.

We arriveren bij het studentenpand. 'Hier is het.'

'Zal ik met je mee gaan? Of wil je toch liever dat ik in de auto wacht?'

'Ben je mal. Ga gewoon mee.'

Samen lopen we naar de voordeur en dit keer bel ik zonder na te denken aan. Het voelt al bijna als mijn eigen huis.

Simone doet open. 'Hallo, leuk dat je er bent. Kom binnen,' zegt ze en vervolgens geeft ze Sanne een hand en stelt zich voor. Dan pas merkt ze mijn verbonden enkel op.

'Wat heb jij gedaan?' vraagt ze en staart nog steeds naar mijn voet.

'Eh… Geskied.'

'Ai, dat ziet er niet best uit. Gebroken voet?'

'Nee, gescheurde enkelbanden. Het komt wel weer goed. Met een beetje mazzel kan ik met een paar dagen weer lopen.'

'Gelukkig maar. Ik neem aan dat je snel wilt gaan klussen.'

'Uiteraard!'

We lopen naar de huiskamer. Alle ogen zijn op ons gericht. Een lange, slungelige man staat op en steekt zijn hand uit. 'Wie van jullie is Mandy?'

'Ik.' We geven elkaar de hand en hij vertelt dat hij de huisbaas is.

'Betaal op tijd de huur en van mij heb je geen last,' grijnst hij. Hij overhandigt mij de sleutels en geeft me het contract. 'Je mag het thuis nog doorlezen. Eind van deze week wil ik het graag terug.'

Ik aarzel geen seconde. 'Ik lees het nu wel. Dan is het meteen geregeld.'

Hij lacht. 'Zo doen de meeste studenten dat. Ze zijn altijd blij als ze een kamer gevonden hebben.'

Ik scan het contract vluchtig. De huurprijs klopt, er staat wat in over het doen van reparaties en de schoonmaak en ik kan elke maand opzeggen. Kortom, het contract ziet er prima uit. Tekenen maar.

'Heeft u een pen?'

Uit het borstzakje van zijn geruite overhemd haalt hij een donkerblauwe Parkerpen. Die vraag krijgt hij vast van meer studenten. Ik teken het contract in tweevoud en overhandig hem één exemplaar en zijn pen.

'Prima, dat is dan geregeld. Ik wens je hier veel woonplezier en we zien elkaar vast nog eens,' zegt hij en loopt weg. 'Tot ziens,' roept hij naar de anderen in de woonkamer.

'Dat ging vlot.' Ik kijk vol trots naar de blinkende sleutel in mijn handen. Het is gelukt, ik heb een kamer op een uitstekende locatie. Dicht bij school en dicht bij de stad, wat wil ik nog meer?

Sanne roept vrolijk: 'En nu wil ik jouw kamer zien!' Mijn gedachten worden abrupt verstoord. Ik kijk op en kalm zeg ik: 'De trap op, tweede deur links.' Simone kijkt me vragend aan.

Nog voordat ze iets kan vragen, verklaar ik: 'Ik kan zelf de trap niet op.'

'Hoe doe je dat thuis dan?'

'Dat wil je niet weten,' lach ik, maar stiekem geneer ik me. Ik ga echt niet vertellen dat ik op mijn billen trede voor trede naar boven ga en als ik boven aankom pijn aan mijn kont heb van het geschuur langs de trapreden.

Simone heeft het al geraden, aan haar gezicht te zien.

'Op je kont zeker?' flapt ze eruit. 'Dat kan nu ook. Niemand die daar problemen mee heeft. Je wilt toch zeker zelf ook je kamer nog een keer zien.'

'Nee, dat komt de volgende keer wel,' probeer ik, maar Simone staat al bij de trap.

'Niks daarvan. Hup, naar boven jij. Ik blijf wel onderaan staan, voor het geval je valt,' lacht ze. Ik ken Simone nog maar net, maar resoluut is ze zeker. Een stoere meid, maar volgens mij heeft ze een heel klein hartje.

'De vloerbedekking is lekker zacht. Fijn hè, dan schuurt het niet zo.' Het lijkt wel alsof Simone zelf dagelijks op haar kont de trap af glijdt. Ik glimlach, maar mijn gezicht begint warm aan te voelen. Het begint erop te lijken dat ik toch echt die trap op moet. Ik kijk om me heen, behalve Sanne en Simone is er niemand in de gang te bekennen. Nu dan maar, dan heb ik de minste kans dat iemand het ziet.

Eenmaal boven zijn zegt Simone: 'Niet slecht. Ik kan het niet zo snel.'

143

Zie je wel. Zij heeft dat vast een keer geprobeerd.

Simone ziet de aha-uitdrukking op mijn gezicht. 'Klopt,' zegt ze nog voor ik iets kan vragen of zeggen. 'Ik was een keer zo ontzettend dronken dat ik de trap niet meer lopend op kon. Dus toen ben ik ook trede voor trede omhoog gekropen. Wat was ik blij toen ik in bed lag.'

Sanne en ik lachen. Simone doet met ons mee en haar lach komt boven die van ons tweeën uit. Het kan haar echt niets schelen. Ze is gewoon een relaxed mens, maakt nergens een probleem van. Ik maak mijn kamerdeur open en hinkel naar binnen. De kamer lijkt een stuk ruimer dan de vorige keer.

'We hebben John voor hij ging natuurlijk wel zijn kamer laten opruimen.'

'Dat merk ik, de vorige keer was de grond nog bezaaid met flesjes en blikjes bier, chipszakken en weet ik niet wat al meer.'

'Wat een mooie, ruime kamer. En wat lekker dat grote raam. Ik houd van veel daglicht. In de zomer 's ochtends gewekt worden door het zonnetje. Heerlijk!' zegt Sanne.

'Ik ben ook blij met deze kamer. Die wand daar,' ik wijs naar de nu nog zwart met blauwe wand, 'daar wil ik graag zwart-wit gestreept behang op. Je weet wel wat ik bedoel toch?'

Sanne knikt. 'Leuk! Zal ik je helpen met behangen?'

'Fijn, want ik weet niet of ik nog op Nick kan rekenen.'

Simone kijkt me vragend aan. 'Mis ik iets? Nick is toch jouw vriend?'

'Ik heb ruzie met Nick, denk ik.'

'Denk je?' vraagt ze verbouwereerd.

'Ja, lang verhaal. Het komt erop neer dat we ruzie kregen in het ziekenhuis en ik riep dat hij weg moest gaan.' Ik vertel de rest van het verhaal. Dat hij me liet zitten én dat hij nu nog steeds niet gebeld heeft.

'Groot gelijk heb je. Je moet zelf niet bellen. Laat hem maar moeite voor je doen. Kijk naar jezelf, je bent een prachtvrouw. Voor hem tien andere mannen, nietwaar?' zegt Simone.

'Zo denk ik er ook over,' zeg ik vastberaden. Simone lacht vriendelijk, maar Sanne kijkt bedenkelijk. Ze gelooft me niet, ik voel het. Als ik mezelf maar geloof, dan is het toch waar? Kan mij die Nick wat interesseren.

'Wanneer begin je met klussen?' Simone kijkt me vragend aan. Nu pas valt me op dat haar ogen groen zijn, wat mooi staat bij haar lichte huid en rode haren. Sproeten heeft ze niet, voor zover ik dat nu kan zien.

'Zodra ik weer kan lopen. Zaterdag ga ik naar Ikea, dus misschien dat ik zondag kan komen klussen. In ieder geval alvast schoonmaken, dat mag hier best gebeuren.' Ik haal een vinger over de vensterbank die daarna zwart ziet van het stof. Ik blaas het er vanaf en de stof dwarrelt langzaam op de grond.

'Ja, mannen, hè. Vetzakken eerste klas. Ik zou er spontaan astmatisch van worden als ik in deze ruimte moest slapen,' ginnegapt Simone.

We lopen weer naar beneden. Hoewel, Simone en Sanne lopen naar beneden en ik hups met mijn billen de trap weer af.

Bij de voordeur aangekomen zwaait Simone ons uit.

'Wat een leuke meid, die Simone,' zegt Sanne als we weer in de auto zitten. 'En wat een enige kamer. Ik heb zin om zaterdag te shoppen bij Ikea, volgens mij kun je die kamer enorm gezellig inrichten met wat spulletjes van daar.'

'Ja, dat dacht ik ook al. Ik wil in ieder geval zo'n zwart stalen bed, dat krijg ik van mijn moeder.'

'Handig, zo'n moeder!'

'Zeker! Nu eerst maar hopen dat mijn enkel snel herstelt. Tot die tijd kan ik niets.'

'Nee, dat is vervelend, maar probeer te genieten van de rust. Je kunt wel een paar dagen lekker uitslapen, tijdschriften en boeken lezen, internetten en dvd'tjes kijken.'

'Dat klopt, maar het verveelt snel. Vrij zijn is leuk, maar dan ben ik liever wel goed ter been.' Sanne knikt begrijpend.

We staan voor het huis van mijn moeder. 'Wil je nog wat drinken?'

'Nee, ik ga weer naar huis. Ik moet nog huiswerk maken. Tot zaterdag.'

'Oké. Hartstikke bedankt voor het halen en brengen. *See you*!'

Sanne zwaait en loopt naar de auto. Ik blijf wuiven tot ik haar niet meer zie en sluit dan de deur en loop de huiskamer in. Mijn moeder zit in haar huispak op de bank. Dat doet ze altijd als ze thuiskomt van haar werk op de verpleegafdeling cardiologie in het Catharina Ziekenhuis. Ik kijk op de klok. Tien uur, ze is net een halfuur thuis vermoed ik.

'Ha. Hoe is het gegaan?'

'Prima.' Ik laat de sleutel tussen mijn vingers bungelen. 'Het contract is getekend, dus de kamer is vanaf nu voor mij.'

'Helemaal super. En wat fijn ook dat Sanne met je mee kon. Gaat het al wat beter met jouw enkel?' vraagt ze terwijl ze haar ogen op mijn voet richt.

'Ik kan er nog niet op lopen, maar dat zou ook een paar dagen duren. Ik heb wel al iets minder pijn.'

'Goed om te horen.'

'Hoe was het op het werk, vandaag?'

'Triest. Mevrouw Kremers is vanmiddag overleden.'

'Dat is die mevrouw die er al een tijdje lag en die met jou

146

altijd over haar kinderen wilde praten onder het genot van een kopje thee, toch? En jij moest zelf ook thee drinken, want die verpleegsters hebben het volgens haar zo druk dat ze niet aan hun rust toe komen.'

'Ja inderdaad, dat is mevrouw Kremers. Altijd bezorgd om anderen, ondanks dat ze zelf heel erg ziek was.'

'En dus heb jij vandaag een traantje weggepinkt?' Ik ken mijn moeder als geen ander. Ze is verpleegkundige omdat ze voor mensen wil zorgen en ook al ziet ze vaak mensen die doodgaan of niet meer beter worden, ze is er nog steeds niet aan gewend.

Ze knikt. Aan de uitdrukking op haar gezicht valt af te leiden dat ze er nog van onder de indruk is. Ze slikt en haar ogen zijn vochtig. Ze knippert met haar ogen omdat ze de tranen geen kans wil geven.

'Het geeft niet.'

'Jawel. Ik moet het me niet zo aantrekken, dat is helemaal niet goed voor mezelf. Dit is het leven. Mensen worden geboren en gaan dood. Maar mevrouw Kremers was heel speciaal.'

Ik knik en kijk mijn moeder vragend aan. 'Filmpje kijken?'

'Leuk!' Haar ogen beginnen weer te twinkelen. 'Een romantische film. Lekker zwijmelen, daar heb ik echt zin in.'

Ik kan er niets aan doen, maar mijn gedachten gaan opeens naar Nick. Ik heb nog niets van hem gehoord. Zou hij echt niet aan me denken? Vindt hij het niet rot dat we ruzie hebben? Mijn moeder kijkt me bezorgd aan. 'Wat is er, liefje?'

'Ik dacht aan Nick. Hij heeft nog steeds niet gebeld.'

Ze legt haar hand bemoedigend op mijn been. 'Misschien moet je hem zelf bellen?'

'Nee,' zeg ik vastberaden. Waarom vertel ik dit dan ook

aan mijn moeder? Heel lief, maar ik heb niets aan haar goedbedoelde adviezen. Mijn vriendinnen, die snappen me tenminste. Je gaat niet smeken bij een man. Ga nooit voor een man op de knieën. Echt niet, dat brengt alleen maar narigheid. 'Ik heb het er liever niet over nu. Ik wil gezellig die film kijken.'

Snel duw ik het schijfje in de dvd-speler en druk op play. Ik zet het geluid extra hard, zodat we wel naar de film moeten luisteren. Ik ondersteun mijn voet met een kussen en ga languit op de bank liggen. Ik wil niet nadenken over Nick.

*

Nick heeft nóg niets van zich laten horen. Hij kan op zijn minst vragen hoe het met mijn enkel gaat! Ik bedenk me dat mijn telefoon niet zoals gewoonlijk op mijn nachtkastje ligt. O, verhip, dat ding ligt nog beneden bij de televisie. Ik twijfel, mijn bed is nog zo lekker warm. Maar misschien heeft Nick wel gebeld of ge-sms't. Mijn nieuwsgierigheid wint het van mijn warme bed en ik besluit om naar beneden te gaan.

De telefoon ligt op de voortafel. Geen gemiste oproepen, wel twee sms'jes. Vlug open ik de smsbox. Zou hij dan toch eindelijk…

Ha Mandy, hoe is het met jouw enkel? xxx Sanne

Niet van Nick. Vlug open ik het andere sms'je.
Wéér niet van Nick. Natuurlijk niet.

Ha Mandy. Dank voor het mailtje. Ik ga zaterdag graag mee naar Ikea. xxx Iris

O ja, dat is waar ook. Dat mailtje. Ik was het alweer vergeten. Van mijn andere vriendinnen wist ik al dat ze mee zouden gaan. Dat wordt een gezellige dag zaterdag.

8

Het is zaterdag en ik kan gelukkig weer lopen. Donderdag ging het al een stuk beter en nu heb ik bijna geen pijn meer. Ik durf mijn stiletto's nog niet aan, maar op een paar hippe sneakers moet het zeker lukken vandaag. De bel gaat, ik loop naar de slaapkamer en schuif het raam omhoog. 'Goedemorgen, ik kom eraan!'

'Niet van de trap af rennen,' roept Sanne bezorgd. En dat is geen gekke opmerking. Ik geloof dat ik het zo zou doen.

We zitten met zijn vieren in de auto van Sanne. Wat is het toch handig dat zij een eigen auto heeft. Ik kan niet wachten tot ik afgestudeerd ben en ook een eigen wagen kan betalen. Sanne zet de muziek harder als het liedje 'Het is een nacht' van Guus Meeuwis op de radio komt, tot ergernis van Iris en Eva, die helemaal niet van muziek van Guus houden. Zij luisteren liever naar ruigere muziek à la Anouk. Mij maakt het niets uit, ik vind bijna alles leuk.

'Moet dat?' vraagt Iris.

'Ja,' antwoordt Sanne. 'Het is mijn auto. Je kunt ook gaan lopen.'

We beginnen te lachen.

'Gelukkig duurt het maar een paar minuten,' zegt Eva.

'De volgende keer neem ik een cd van hem mee,' plaagt Sanne.

We komen aan bij Ikea Eindhoven, parkeren de auto en vrolijk lopen wij naar binnen. Ik kan niet wachten om leuke spulletjes te kopen. In de winkel zie ik een jongen staan, ik draai me om en kijk nog eens. Zie ik dat nu goed? O, nee toch niet, maar hij lijkt wel op Nick. Hij heeft dezelfde donkere krullen en is ook lang en gespierd. Ik kijk snel de andere kant op. Ik wil niet herinnerd worden aan Nick. Vandaag moet een gezellige dag worden en daar horen gedachten aan Nick niet bij.

'Ik zag het wel,' zegt Eva.

'Wat?' Ik doe alsof ik me nergens van bewust ben.

'Dat je naar die jongen keek. Je mist Nick, hè?' Sanne heeft Iris en Eva voor me ingelicht. Ik had geen puf om dat zelf nog te doen. Elke keer als ik over Nick praat, voel ik een brok in mijn keel. En ik kan slikken wat ik wil, weg gaat hij niet.

'Nee, Nick is passé. Hij laat niets meer van zich horen, dus hij stikt er maar in!'

Iris schudt haar hoofd. 'Je meent er geen bal van.'

'Dan niet. Laten we het gezellig houden.' Ik loop naar een geschikt bed. Precies zo een als ik wil. Een zwart stalen bed met van die spijlen aan de uiteinden. Ik ga erin liggen. Het ligt lekker. Die wil ik!

'Leuk bed,' zegt Sanne.

'Ja, die wil ik hebben. Met een matras erbij, want anders heb ik er niets aan.'

We spreken een verkoper aan en hij helpt ons met de bestelling. Er bekruipt me een onaangenaam gevoel als de verkoper vraagt of ik een eenpersoons- of tweepersoonsbed wil. Uiteraard wil ik een tweepersoonsbed. Ik zal toch wel ooit weer een nieuw vriendje krijgen?

Het artikel is niet op voorraad, dus ik kan het over twee weken komen ophalen. Het matras is wel direct leverbaar. Nou ja, dan slaap ik zo lang maar op het matras.

Sanne kijkt naar het matras. 'Dat krijg ik nooit in mijn auto.'

'Stom, helemaal niet over nagedacht. Ik vraag pap wel of hij met zijn grote wagen het bed en matras tegelijk ophaalt.'

'Oké, zullen we dan nu verder winkelen. Ze hebben hier van die leuke fotolijstjes en prullaria,' zegt Eva.

Wij knikken. We slenteren door de Ikea als Iris vraagt: 'Waarom bel je Nick zelf niet?'

Ik kan die vraag totaal niet waarderen. Ik wil een gezellig dagje, waarom blijven ze toch steeds zo doorzaniken over Nick. 'Omdat ik klaar ben met Nick. Het spijt me, maar ik wil het er liever niet over hebben.'

Mijn vriendinnen knikken. We slenteren maar door en door. Ik heb de Ikea inmiddels al vier of vijf keer van voor tot achter gezien en wil nu wel naar huis. Elk fotolijstje wordt vastgepakt en uitgebreid besproken. Ik wil nu écht graag naar huis. Ik heb het hier wel gezien. 'Zullen we gaan?'

'Ik wil nog een keer dat mooie, aparte zilverkleurige fotolijstje dat aan het eind van de winkel stond bekijken,' zegt Eva.

Ik zucht. 'Dan moeten we weer de hele winkel door.'

'Dat geeft toch niet. De winkel is nog niet gesloten.'

'Nee, maar ik ben wel moe inmiddels. Jullie vergeten dat mijn enkel een paar dagen gelden nog in het verband zat.'

'O, dat is waar ook. Wil jij hier anders wachten? Dan lopen wij snel terug.'

'Prima,' zeg ik en ga in een stoel bij de ingang zitten. Ik

staar voor me uit en denk aan Nick. Ik pak mijn telefoon uit mijn tas. Geen berichten. Snel duw ik hem weer terug in de tas. Niet aan denken, Mandy! *Forget him*!

'Daar zijn we weer,' hoor ik na een tijdje.

'En? Heb je hem gekocht?'

'Nee, hij was echt gaaf, maar toch iets te duur,' zegt Eva. Ik grinnik.

'Oké. Laten we dan naar huis gaan.' De anderen knikken en we lopen naar de auto.

'Zullen we vanavond gaan stappen?' oppert Sanne.

'Leuk,' zeggen Iris en Eva in koor.

'Ik niet. Ik heb niet zo'n zin,' zeg ik.

'Ga toch gezellig mee. Dan heb je afleiding en hoef je niet aan Nick te denken,' zegt Eva. Alwéér Nick. Als ze er zelf eens over ophouden.

'Ik mis Nick niet,' houd ik vol. 'Ik heb gewoon geen zin om te gaan stappen vanavond.'

'Wat jij wilt.' Ik hoor aan de toon van Iris' stem dat ze het stom vindt. Kan mij het schelen.

'Ik ga vanavond naar mijn kamer. Vast wat dingen opruimen en spullen brengen. Schoonmaken. Dan kan ik binnenkort beginnen met klussen.'

We rijden mijn straat in. Eindelijk! Ik ben blij dat ik niet meer naar dat gekakel over Nick hoef te luisteren.

*

Ik steek de sleutel in het slot van het studentenhuis. Wat geeft dat een machtig gevoel. Ik heb gewoon een eigen kamer. Ik kan het nog steeds niet helemaal bevatten. Ik stap naar binnen en op de gang kom ik Simone tegen.

'Ha,' roep ik enthousiast.

'Hey, kom je klussen?'

'Ik kom schoonmaken en opruimen, help je mee?'

Ze knikt. 'Prima.'

'Het was een grapje, ga lekker genieten van de zaterdagavond.'

'Eh, nee. Ik heb toch niets te doen.'

'Niet met je vriendje afgesproken? Of gaat het nog steeds niet zo goed?' Ik herinner me het gesprek nog dat ik voerde op de kijkavond.

'Ik heb het uitgemaakt. Ik was helemaal klaar met die jongen.' Simone probeert dapper te kijken, maar ik zie het verdriet in haar ogen. Dan rollen ook bij mij de tranen over mijn wangen.

'Heeft Nick niets meer van zich laten horen? Is het over tussen jullie?'

'Ik denk het. Ik weet het niet. Hij heeft geen contact meer gezocht en ik ben er net als jij klaar mee, maar toch moet ik nu huilen.' Simone omhelst me en samen huilen we. Zij vertelt over haar ex, die haar een paar keer een klap gaf. Uiteindelijk besloot ze bij hem weg te gaan, want ook al beloofde hij het niet meer te doen, hij deed het toch steeds weer. We staren voor ons uit. Ik wrijf met mijn handen de tranen van mijn gezicht af.

Simone doet hetzelfde en zegt dan: 'Zo en nu is het klaar. Weet je wat wij gaan doen?'

'Nou?' vraag ik nieuwsgierig.

'Wij gaan ons vanavond lekker bezatten in de kroeg, kan ons het schelen. We gaan lol maken en lekkere kerels zoeken. Dat opruimen doen we morgen wel. Ik help je, oké?'

'Klinkt goed, maar waar kan ik slapen? Er staat nog geen bed in mijn kamer.'

'Ik heb nog een luchtbed liggen, dat pompen we wel op en leggen we in je kamer neer.'

'Oké. Ik heb zin om uit mijn dak te gaan.'

'Kom mee naar mijn kamer, dan tutten we ons op. Je kunt wel make-up van mij gebruiken en in mijn kast zoeken naar iets leuks om aan te trekken.' Ik kijk nogmaals naar Simone. Ja, ze heeft ongeveer dezelfde maat, denk ik. Komt dat goed uit.

'Gezellig. Lekker tutten en dan uitgaan. Ik heb er zin in.' Simone lacht en haar ogen stralen.

Na anderhalf uur opmaken en kletsen zijn we eindelijk zover. Ik loop nog even naar de spiegel toe en vang een glimp van mezelf op. Het korte kapsel staat me fris en energiek. Mijn wimpers zijn prachtig aangezet met zwarte mascara en de bruine oogschaduw laat mijn bruine ogen nog meer spreken. De blush onder mijn jukbeenderen maakt het helemaal af.

We lopen richting de stad. 'Naar welke kroeg gaan we?' Wat een luxe is dat. Lopend naar het café, je kunt altijd drinken tijdens het uitgaan. Beter kun je het niet hebben.

'Naar café De Zwaluw?'

'Prima!'

We komen aan in de kroeg. Simone kijkt zoekend in het rond en zwaait naar een groep mensen.

'Mijn vrienden. Kom mee, dan stel ik je voor.' Ze gebaart nonchalant.

'Dit is Mandy,' zegt ze als we bij de groep vrienden aankomen. Er staan twee meiden en drie jongens. Ik schat dat ze ongeveer even oud zijn als ik, een jaar of tweeëntwintig.

'Mandy!' roept een grote donkere jongen enthousiast. 'We hebben nog geen Mandy. Wil je wat drinken?' Hij slaat meteen een arm om mijn schouders. Het voelt goed en naar tegelijk en ik knik.

'Doe maar een caipirinha.' Kan mij het schelen, die jongen betaalt toch. 'Zonder ijs,' roep ik erachteraan. De jongen, Steve noemen ze hem, komt terug met een dienblad vol drank. Ik krijg de cocktail in mijn handen gedrukt.

'In een keer opdrinken,' Simone hangt om mijn nek,

'dan heb je er het meeste aan.' Ik glimlach. Vanavond maakt het me allemaal niets uit. Ik laat me lekker helemaal gaan.

'Steve, weet je wel dat je fraaie blauwe ogen hebt,' mompel ik een paar cocktails later.

'Ze zijn bruin,' grijnst Steve. Ik sla hem op zijn neus en giechel.

'Ik vind dat ze blauw zijn.'

'Waarom gaan jullie niet mee naar ons huis. Dan kan Mandy rustig bekijken wat voor kleur ogen je hebt,' oppert Simone, die met ene Marco aan het flirten is. De beide heren knikken en ik vind het eigenlijk ook wel prima. Steve is best een lekker ding.

Simone loopt arm in arm met Marco. Ze zwenken vrolijk van de ene naar de andere kant van de straat.

'Ik weet wel wat voor ogen jij hebt, Marco, maar ik wil er toch heel diep in kijken,' fleemt Simone. Ik glimlach. Simone de flirtster.

'Ik wil graag diep in jouw ogen kijken,' lalt Steve.

'Vooruit, ik ook wel in de jouwe,' lach ik en wankel. Stomme ongelijke stoeptegels. Steve lacht luid en voor ik het weet tilt hij me op.

*

De volgende ochtend word ik wakker. Slaperig draai ik me om en ontdek dat er iemand naast me ligt. Zie ik dat goed? Ik knipper nogmaals met mijn ogen. Er ligt een vreemde man naast me. Wie is dit? Waar ben ik? Ik kijk in het rond en zie dan dat ik op mijn eigen kamer ben. Mijn studentenkamer. Dat begint goed. De eerste nacht in mijn kamer heb ik meteen al niet alleen doorgebracht. Ik zal toch niet... Voorzichtig trek ik de dekens een stukje omhoog.

Dus toch, concludeer ik als ik mijn naakte lichaam zie. Ik kan mezelf wel voor de kop slaan. Nee, laat ik dat maar niet doen, want die bonkt al hard genoeg. Ik knijp mijn ogen samen en denk diep na. Wie is deze man en wat doet hij bij mij op dit tweepersoonsluchtbed? Maar voordat ik me dat kan bedenken, wordt hij wakker en draait zich naar me toe.

'Dag schatje.' Hij laat zijn handen langs mijn blote lichaam glijden. Er gaat een onaangename siddering door mijn lijft. Hè bah, dat wil ik helemaal niet. Ik wil nog geen andere vriend. Ik moet gisterenavond wel heel teut zijn geweest, bedenk ik me als ik de man die bij me in bed ligt nader bekijk. Vond ik iets knap aan hem? Hij heeft veel borsthaar, een blubberbuikje en een heel grote neus. Ik doe mijn best om nog iets aantrekkelijks te vinden, maar het lukt niet. Zelfs zijn lichaamsgeur kan me niet opwinden. Ik duw zijn handen van me af.

'Wat is er?' vraagt hij nog half slapend. 'Ik heb wel zin om gisterenavond dunnetjes over te doen.'

'Ik niet. Niet dunnetjes en ook niet dik.' Zo, dat kan maar duidelijk zijn. Hoe krijg ik deze vent zo snel mogelijk mijn bed én mijn kamer uit. Hoe doe je zoiets als je zelfs zijn naam niet weet? Ik kan mezelf wel voor de kop slaan. Wat heb ik gisterenavond toch allemaal uitgespookt?

'Jammer,' zegt hij teleurgesteld. 'Een ontbijtje dan maar?'

Een ontbijtje. Denkt hij nu dat ik met hem wel een beschuitje wil eten? *Shake it!*

'Nee, ik heb geen honger. Ik ben misselijk en mijn hoofd bonkt.'

Zou hij nu mijn kamer verlaten? *I hope so.*

'Daar heb ik wel een goed medicijn voor,' grijnst hij. In zijn ogen is de lust afleesbaar en ook de versnelde ademhaling verraadt dat hij maar aan een ding denkt.

'Nee, dank je.' Waarom denken mannen toch altijd aan

seks? 'Ik ga liever mijn roes uitslapen. Vind jij zelf de weg naar huis?'

'Eh, ik kan ook wel gezellig bij je blijven liggen.'

Ik slaak een diepe zucht. Heeft hij soms een bord voor zijn kop? 'Nee, ik slaap liever alleen. Dat vind je toch niet erg?'

'Nee,' zegt hij kortaf, raapt zijn kleren bij elkaar en trekt ze *in no time* aan. Fijn, de boodschap is helder.

Aangekleed en wel staat hij bij de deur. 'Zie ik je snel weer?'

'Wie zal het zeggen. Fijne dag en wel thuis.' *Please*, laat hem er niet op doorgaan. Hij trekt de deur achter zich dicht en ik fluister: 'Natuurlijk zie ik je niet meer, sukkel. En in bed belanden we al helemaal nooit meer.' Ik laat mijn hoofd weer op het kussen rusten en probeer de slaap te hervatten. Na een paar minuten stap ik mijn bed uit om een glaasje water te halen. Ik heb dorst, dorst en nog eens dorst. In de badkamer klok ik drie glazen water achter elkaar weg en neem nog een vol glas mee naar mijn slaapkamer. Als ik daar weer binnenkom, ruik ik de muffe lucht pas. Ik open een raam, zet het glaasje water naast me op de grond en laat mijn lome lichaam weer op het luchtbed zakken. Dan pas besef ik dat ik – stomme gans – zojuist in mijn nakie over de gang heb gelopen. Dat is nog gênanter dan Garfieldsokken dragen.

Een paar uur later word ik opnieuw wakker. Dit keer voel ik me een stuk beter. Mijn hoofd bonkt niet meer en ook de schrijnende dorst is verdwenen. Ik ga een lekkere douche nemen. Ik kijk om me heen. Natuurlijk, ik heb geen badjas hier en ook geen handdoek en moet echt dringend mijn spullen verhuizen. Ik trek mijn kleren aan en loop naar de kamer van Simone. Ik wil aankloppen, maar dan bedenk ik me dat zij ook een jongen mee naar huis nam.

Het wordt me allemaal weer een tikkeltje helder. Het was Steve, een vriend van Simone, die bij mij in bed lag. Ik aarzel, maar klop dan toch aan.

'Ja, wie is daar?' roept Simone. Zou die jongen nog bij haar zijn? Is ze ook net wakker?

'Ik.'

'Kom maar binnen!'

Ondanks dat ik toestemming heb, open ik toch voorzichtig de deur, niet wetend wat ik aan zal treffen. Maar… Het valt reuze mee. Ze zit aangekleed en wel achter haar laptop.

'O, ik dacht dat je nog met – hoe heet hij ook alweer – was.'

'Marco. Nee, die is allang weer naar huis.'

'Was het niet gezellig?'

'Jawel hoor, maar hij wilde seks en dat wilde ik niet. Kom, mijn vorige relatie is nog niet zo lang geleden stukgelopen.'

Ik voel mijn wangen warm worden. Ik heb vast en zeker een rode boei nu. Ik kan mezelf wel voor mijn kop slaan. Wat bezielde mij gisternacht?

Simone begint te lachen. 'Jij dacht daar zo te zien anders over.'

'Eigenlijk niet, maar ik… Ik werd vanochtend naakt wakker naast Steve. Ik kon me niet herinneren wat er gebeurd was, maar dat ik naakt was, verklaarde een hoop.'

'Kan jou het schelen. Als je maar plezier hebt gehad.'

'Ik voel me anders behoorlijk stom. Ik ben nog niet helemaal over Nick heen, ik heb me gisternacht laten vollopen met cocktails en daarna ben ik dus blijkbaar met mijn zatte kop met Steve naar bed gegaan. Vanochtend schrok ik ervan. Het is vreemd om ineens naast een ander in bed te liggen en zeker als hij dan ook nog veel borsthaar heeft, een buikje en een grote neus.'

Simone schaterlacht. 'Steve is inderdaad niet echt heel knap, maar wel een goed jong. Daar zit geen kwaad bij.'

'Fijn om te horen, maar dit krijgt geen vervolg. Het was een fout. Een eenmalige welteverstaan.'

'Meid, maak je niet zo druk. Het is gebeurd. Je hebt vast en zeker één leuke avond én nacht gehad en hoe het verder gaat merk je vanzelf.'

'Ik voel me schuldig.'

'Want?' Simone kijkt me met een vragende blik in haar ogen aan.

'Officieel is het niet uit tussen Nick en mij. We hebben dan wel ruzie, maar wie zegt dat het over is? Ik ben vreemdgegaan. Ik heb iets gedaan waar ik zo'n ontzettende hekel aan heb. Afschuw zelfs. Ik maak mijn vriendin wijs dat ze niet terug moet keren naar haar overspelige ex en wat doe ik zelf? Ik duik met de eerste de beste vent het bed in. Ik lijk wel gek!' Ik kan er niets aan doen, de tranen biggelen in stroompjes over mijn wangen.

Simone gebaart naar haar bed. 'Kom, laten we gaan zitten.' Ze laat haar hand troostend over mijn rug glijden. 'Het komt allemaal wel goed. Je vindt vast weer een nieuwe leuke jongen. Of misschien...' Simone aarzelt. 'Komt het toch weer goed tussen jou en Nick.'

'Dat is het nou juist. Ik weet helemaal niet of ik dat nog wel wil, maar aan de andere kant mis ik hem en voel ik me zo'n ontzettende trut en schuldig dat ik vannacht het bed met een ander deelde.'

'Geef het de tijd. Je komt er vanzelf achter of Nick toch de ware voor je is. En voel je alsjeblieft niet schuldig. Als iemand zich schuldig moet voelen, is Nick het.'

'Je hebt gelijk,' zeg ik en droog met de mouw van mijn blouse de tranen. 'Ik kwam hier eigenlijk om te vragen of ik een handdoek mocht lenen. Ik wil douchen en ik heb hier nog helemaal niets liggen. Geen badjas, geen handdoeken, zelfs geen tandenborstel.'

Ze loopt naar de kast en trekt er een blauwe handdoek uit. 'Alsjeblieft.'

'Dank je wel. Na het douchen ga ik naar huis om spullen te halen. Ik wil hier snel intrekken. Kan ik zo lang jouw luchtbed lenen? Mijn bed komt binnenkort, dat is besteld bij Ikea.'

'Ja hoor, geen probleem.'

'Oké, dank je wel. Dan ga ik nu douchen en daarna spullen halen.'

'Prima. Roep me als je terug bent, want ik ga je meehelpen met schoonmaken en inruimen.'

Ik lach. Wat een leuke meid is die Simone toch. Weer een vriendin erbij. Over vriendinnen gesproken, ik nodig ze vanavond uit op mijn kamer.

'Doe ik,' zeg ik en verlaat Simones kamer.

*

Ik ben weer thuis. Hoewel, wat is thuis nog? Misschien moet ik dit voortaan maar mijn ouderlijk huis noemen. Thuis is voortaan op mijn studentenkamer. Dat gaat vast nog een leuke tijd worden. Mijn moeder zit met een boek in de woonkamer. Ze is dol op lezen, literaire thrillers hebben haar voorkeur.

'Dag mam.'

Ze kijkt op van haar boek. 'Ha, je hebt vannacht zeker op je kamer geslapen?'

'Dat klopt. Ik ben met Simone wezen stappen.'

'Simone?'

'Ja, dat is een meisje dat ook in het studentenhuis woont. We zijn samen naar de kroeg gegaan.'

'Gezellig. Heb je een leuke avond gehad?'

'Ja,' zeg ik en loop snel naar de keuken in de hoop dat

mam het niet opvalt dat ik een rode boei krijg, want die heb ik. Zeker weten! Mijn wangen voelen warm aan en mijn handen plakken.

'Wil je ook wat drinken?' roep ik vanuit de keuken.

'Nee, dank je wel.'

Ik pak een fles sinas en schenk een glas in. Met grote teugen drink ik het leeg.

'Ik ga mijn spullen pakken. Ik heb een luchtbed geleend van Simone waar ik zo lang op kan slapen. Het bed van Ikea komt over twee weken.' O, dat is waar ook. Ik moet pap zo nog bellen om te vragen of hij het voor me kan ophalen.

'En waar laat je al je spullen dan? Heb je wel een kast?'

'Er zit een inbouwkast in mijn kamer. Handig, hè?'

'Ideaal! Moet ik helpen met pakken?'

Ik denk na. Ik kan het natuurlijk alleen doen, maar met zijn tweeën gaat het wel sneller. Hoe sneller hoe beter, des te eerder ben ik terug op mijn kamer en kan ik daar alles inrichten én mijn vriendinnen ontvangen.

'Graag,' antwoord ik.

Ik pak mijn mobiele telefoon en stuur een sms'je naar Iris, Eva en Sanne.

Vanavond 8 uur een wijntje op mijn kamer? xxx Mandy

In *no time* heb ik al reactie terug. Alle drie de meiden vinden het een prima plan. Werk aan de winkel dus. Spullen pakken, schoonmaken en inruimen.

9

'Daar ben ik weer,' roep ik vrolijk.

Simone komt naar me toe gesneld. 'Tof, dan gaan we aan de slag.'

'Help je mee spullen uit de auto sjouwen, dan kan mijn moeder daarna naar huis.'

'Je laat haar toch wel je kamer zien?'

'Natuurlijk, maar niet zo lang. Ze hoeft niet te helpen met poetsen en inruimen.'

Met zijn drieën sjouwen we de spullen naar boven. Ik heb mijn bureau uit elkaar gehaald en meegenomen. De laptop is mee en mijn nachtkastje ook. Als ik een keer bij mijn moeder slaap, kan ik dat allemaal wel missen. Bovendien, aan mijn bureau zat ik bijna toch nooit, maar op deze kamer is het wel handig om een bureau te hebben waar ik rotzooi op kwijt kan. Ik zeul twee zware koffers naar boven.

'Jemig, wat zit daar allemaal in?' vraagt Simone.

'Kleren.' Ik verbaas me steeds weer over mensen die dit vreemd vinden. Een vrouw met een schamel kledingkastje, dát is pas onbegrijpelijk. Wat doe je dan aan op een hippe cocktailparty, bij een chic diner, een gala, tijdens een avondje bioscoop, naar het strand, in het bos, naar je werk en naar de sportschool?

Simone lacht en kijkt haar ogen uit. 'Daar kun je een heel weeshuis van aankleden.'

'Dat is nog niet alles,' grijns ik, 'ik heb nog twee tassen en een trolley.'

'Mijn hemel. Niet te geloven. En jij denkt dat al die kleding in die inbouwkast past?' Simone staart me nog steeds verbijsterd aan.

'Jawel hoor, goed proppen. Thuis paste het ook. En zo niet, dan koop ik er een kast bij.' Ik knipoog, loop naar de auto en zeul twee grote sporttassen naar boven. En zwaar dat ze zijn.

'Toch niet nog meer kleding, hè?'

'Nee, dit zijn schoenen.' Simones ogen worden nog groter van verbazing. Dan begint ze heel hard te lachen. 'Dit kan niet waar zijn.'

'Jawel, je ziet het.' Ik kiep de sporttassen om, er komen zeven paar stiletto's uit, vijf paar laarzen mét hakjes – ik ben dol op hakken – vier paar ballerina's, drie paar pumps, twee paar sneakers en vijf paar teenslippers.

'Tja, wat kan ik zeggen, Mandy houdt van schoenen,' zegt mijn moeder, waarna ze ons bedankt voor de gastvrijheid en weer naar huis gaat.

'Bedankt voor het wegbrengen van de spullen,' roep ik als ik bij de voordeur sta. Mijn moeder zwaait en toetert een paar keer en rijdt dan weg.

'Waar zullen we beginnen?' Ik kijk in het rond. Eigenlijk heb ik toch nog best veel spullen. De hele kamer staat bomvol met koffers, tassen en andere dingen. Simone loopt naar beneden, ik hoor het geluid van kletterend water en een paar minuten later is ze terug met een emmer sop. In haar andere hand heeft ze een plumeau, ze draagt een knalgele schort en om haar hoofd heeft ze een rode theedoek gebonden. 'Zeg juffie, werk aan de winkel,' roept ze op een ordinair toontje. Ik kom niet meer bij van het lachen. Die Simone, ze is zo gek als een deur. We beginnen de inbouwkast uit te soppen. De planken zijn schoon, nu kan het échte werk beginnen. Als mijn kleren uiteindelijk als een grote baal was op de grond liggen, twijfel ik toch even. Volgens mij zijn we nog tot diep in de nacht bezig met vouwen.

Na een paar uur ligt alles opgevouwen en wel in de kast. De echte kreukdingen heb ik aan kleerhangers gehangen en op de onderste plank staan al mijn schoenen, maar daar ben ik bij nader inzien toch niet zo blij mee. Dus pak ik de sporttas en mik ze er allemaal weer in. Daar koop ik van de week een opbergbox voor. Dat is beter dan in de kast. Tevreden kijk ik in het rond.

Simone staat met een hamer in haar handen. 'Laten we meteen die spiegel ophangen.'

'Kunnen we dat zelf?' Ik aarzel, de vorige keer dat ik dat deed sloeg ik zulke grote gaten in de muur dat de spijker er keer op keer uit viel. Ik probeerde het opnieuw en opnieuw en uiteindelijk heeft mijn vader de muur moeten dichtstoppen en overschilderen. Toen was er natuurlijk – hoe lelijk – kleurverschil. Dus moest er een grotere spiegel overheen.

'Natuurlijk kunnen we dat zelf. Vrouwenpower!' Simone brengt haar onderarm omhoog en probeert Popeye na te doen. 'Waar moet hij hangen?'

'Doe daar maar.' Ik wijs naar een plek op de muur. Zorgvuldig meet ze alles af en slaat dan twee spijkers in de muur. Ik sta verbaasd te kijken. Ik zou willen dat ik zo handig was. 'Ziezo,' zegt ze en controleert nog eenmaal of hij recht hangt. 'Tevreden?'

'Helemaal super. Waar heb je dat geleerd?'

'O, dat is niet zo moeilijk. Ik had vroeger een onhandige vader thuis.'

'Vandaar.' Ik loop naar de spiegel en bekijk mezelf erin. Grauwe kringen zijn zichtbaar onder mijn ogen. Ik knipper een keer, mijn ogen zijn doffer dan normaal. Ze sprankelen niet zoals anders en mijn huid is verre van egaal. 'Ik zie er niet uit.'

'Dat valt wel mee, drink een wijntje en je ziet het niet meer.'

'Dat is niet de oplossing.'

'Weet ik, maar het verdriet slijt. We houden erover op, oké? We gaan eten, het is al zes uur. Ik ga spaghetti maken, lust je dat ook?'

'Heerlijk! Ik ben dol op pasta's. Zal ik mee helpen koken?'

'Nee, dat heb ik zo gedaan. Rommel jij nog maar wat aan op je kamer.'

'Oké. Dat komt goed uit, dan ga ik nootjes en wijn halen. Mijn vriendinnen komen vanavond en ik heb nog niets in huis.'

*

Een uur later zitten we aan tafel. Een grote pan met spaghetti en bolognesesaus staat op tafel. Ik heb honger gekregen van al dat gesop en geruim. Ik schep een flink bord vol en Simone doet hetzelfde, zij heeft blijkbaar ook honger gekregen.

'Welke opleiding doe jij eigenlijk?'

'Ik studeer politicologie,' zegt Simone op een serieuze toon.

'Goh. Leuk,' weet ik nog net uit te brengen.

'Je meent er geen bal van, ik zie het aan je ogen.'

'Klopt. Het lijkt me zo'n ontzettend oersaaie opleiding.'

'Mij ook.' Simone legt het mes en de vork kruislings over elkaar. 'Ik studeer het gelukkig ook niet. Ik volg de studie hbo Vrijetijdsmanagement.'

'Dat klinkt interessant, en dat meen ik wel.'

'Is het ook. Je maakt van alles mee.'

'Vertel,' zeg ik nieuwsgierig en zuig een sliert spaghetti met een tuitende mond naar binnen.

'We zijn backstage geweest bij de musical Tarzan.'

Ik kijk haar verbluft aan. Wat een enorme kans en ervaring. Dat zou ik ook graag een keer doen, ik ben dol op musicals. 'Wow, dat lijkt me gaaf.'

'Dat was ook ontzettend leuk. Vooraf kregen we te zien hoe de toneelspelers in de make-up werden gezet en we mochten met ze kletsen. Wist je dat Chantal Janzen echt superaardig is? En na afloop van de musical mochten we ook nog met iedereen op de foto. Wil je ze zien?'

'Natuurlijk, allemaal.'

'Ik zal ze zo pakken. Dit was een leuk uitje, maar we doen nog veel meer. We mogen evenementen organiseren, en niet totaal onbelangrijk: we mogen ze ook bijwonen. Festivals, tentoonstellingen, musea; we komen overal. O, en vergeet de pretparken niet.'

'Pretparken, dat is leuk. Daar ben ik al lang niet meer geweest.'

'Dan gaan we een keer samen. Waar wil je heen?'

'Walibi World. Het lijkt me heerlijk om een dag lang in een pretpark te zijn vol achtbanen.' We kletsen honderduit over pretparken. Algauw passeert ook de Efteling de revue en voor we het in de gaten hebben, neuriën we het vrolijke liedje van die carnavalsattractie en imiteren we Holle Bolle Gijs. Simone staat lachend op en vult onze wijnglazen nog eens bij, terwijl ik het laatste restje spaghetti bij elkaar schraap.

'Dat gaan we echt snel doen. Ik heb er nu al zin in.'

'Gezellig! Dan gaan we in alle achtbanen die over de kop gaan.'

'Zal ik de foto's gaan halen?'

'Graag.'

Ze komt terug met een glanzend fotomapje in haar handen. 'Ik heb ze al opgeborgen,' zegt ze trots. 'Ik wil er zuinig op zijn.'

Ze schuift de pan met het restantje spaghetti aan de kant en geeft me de map. 'Kijk zelf maar.'

Ik blader door het mapje. Wat ontzettend gaaf om met de cast van Tarzan op de foto te staan.

'Toffe studie. Zal ik die hierna ook gaan doen?'

'Wil je nog verder studeren dan?'

'Ja, misschien wel. Student zijn is zo heerlijk, ik wil daar van genieten zo lang het kan. Ik zit net op kamers, dus heb ik besloten om nog een universitaire opleiding te doen. Ik weet nog niet wat, maar ik heb de tijd om het uit te zoeken.'

'Leuk!'

'En jij, hoelang duurt jouw studie nog?'

'Een jaartje, en daarna wil ik ook verder studeren, maar ik weet nog niet wat. Het komt wel.'

'Leuk.' Ik kijk op mijn horloge. Het is al bijna halfacht. *Time flies when you're having fun.* 'Blijf jij maar zitten, ik ga opruimen. Mijn vriendinnen komen over een halfuurtje.'

'Nee dat hoeft niet, ik help mee.'

'Jij hebt al gekookt, laat mij dat maar doen.'

Ze wuift met haar handen. 'Geen sprake van, ik help gewoon mee.'

Na de afwas ga ik naar boven, naar mijn eigen kamer. Ik moet mijn televisie nog instellen, dus dat kan ik nog net doen voor mijn vriendinnen komen. Ik heb er zin in, het wordt vast een gezellige avond. Ik ben benieuwd hoe het met Eva en Stijn is. Ze zullen toch niet nu al ruzie hebben? En hoe zou het met Iris en de knappe sportschoolbarman zijn? Bij die gedachte denk ik meteen aan mijn Nick, die mijn Nick helemaal niet meer is. De tranen schieten voor de zoveelste keer in mijn ogen. Ik ga op de grond zitten, buig me voorover en ondersteun met mijn handen mijn hoofd. De tranen druppelen op de laminaatvloer en ik tuur naar de kleine ronde waterige kringetjes waarvan ik nog verdrietiger word. Met mijn handen veeg ik de druppels van het laminaat, maar grote natte strepen blijven zicht-baar. Lekker, ik heb net de vloer gepoetst. Schijt! Kan mij het ook allemaal schelen.

Ik blijf nog een aantal minuten zo zitten en dan vind ik dat ik op moet houden. 'Geen gesip meer, Mandy,' spreek ik mezelf streng toe. Er zijn veel meer mannen op de wereld, keuze genoeg. De tv instellen, dat moet nog gebeuren. Laat ik me nuttig maken in plaats van een potje te janken. Ik pak de beschrijving, die ik gelukkig bewaard heb, erbij en probeer de zenders in te stellen. Als ik RTL4 maar heb, dan kan ik tenminste Goede Tijden Slechte Tijden kijken.

Ik heb net alle zenders geprogrammeerd als Simone roept. 'Mandy, je vriendinnen zijn er. Ik stuur ze naar boven.'

'Is goed,' roep ik terug.

Een paar tellen later staan mijn vriendinnen in mijn kamer.

'Het ziet er leuk uit,' roept Eva.

'Alleen die muren, afgrijselijk,' voegt Iris eraan toe.

'Ja, rustig maar. Ik moet nog behangen, maar ik wilde er zo graag vast intrekken dat ik mijn spullen er al neer heb gezet. Dat behangen komt binnenkort wel.'

'Wij helpen mee,' zegt Sanne.

'Graag. Ga zitten, zou ik normaal gesproken zeggen.

Maar… 'Ik heb niet genoeg stoelen. Dus pak een kussen, ga op het luchtbed zitten en daar in de hoek staat nog een zilveren zitzak.'

'Prima,' roepen de meiden in koor. Ik pak ondertussen de wijn en de glazen en schenk ze vol.

'Hoe bevalt het hier?' vraagt Iris.

'Ik ben er nog maar net. Ik heb hier nu pas één nachtje geslapen.'

'En hoe voelde dat?'

Ik voel mijn wangen rood aanlopen. Ik heb vast ontzettend veel gevoeld, al ben ik dat nu allemaal alweer vergeten. Hoewel, die dikke buik en die behaarde borst staan nog wél scherp op mijn netvlies. 'Eh… Ik eh… Sliep niet alleen vannacht,' stotter ik. Snel voeg ik eraan toe: 'Foutje!'

'Jij wat? Je sliep niet alleen vannacht? Is het weer goed tussen jou en Nick? Dat is toch helemaal niet fout,' roept Sanne en kijkt mij vol spanning aan. Ook Iris en Eva zijn een en al oor en wachten gespannen op mijn antwoord.

'Nee, dat is nog het erge ervan. Ik heb met mijn stomme kop te veel alcohol gedronken en blijkbaar een of andere baviaan mee naar huis genomen.'

'Een baviaan?' lacht Eva.

'Hij leek er wel op. Gadver, zijn hele borst was behaard. Dat zag ik vanochtend toen hij naast me lag. Wat een enorme afknapper op de vroege ochtend. Een soort van ochtendmerrie.'

'Je hebt het toch… Nee, nee toch?'

'Ik ben bang van wel, ik wist het ook niet meer, hoor. Vanochtend trok ik voorzichtig mijn dekbed omhoog en daar lag ik dan, naakt.'

'Dus jij hebt het met een baviaan gedaan,' proest Eva.

Ik voel mijn gezicht nog warmer worden. Mijn handen beginnen te plakken en het huilen staat me nader dan het lachen.

'Dat is niet om te lachen. Ik schaam me er diep voor,' weet ik hakkelend uit te brengen. 'Nick... hoe vertel ik hem dit ooit?'

'Zo erg is het niet. We maken allemaal wel eens een foutje,' probeert Iris mij op te peppen.

'Bovendien heeft Nick niets van zich laten horen, dus ben je hem ook geen verantwoording verschuldigd,' vult Sanne aan.

Ik knik en neem een grote slok van de wijn om zo mijn verdriet weg te spoelen, maar het lukt niet. De brok blijft in mijn keel zitten, hoeveel wijn ik er ook doorheen spoel. De tranen branden in mijn ogen. Mijn vriendinnen kijken me meewarig aan en werpen elkaar steelse blikken toe.

'Genoeg geweest,' zeg ik om de stilte en kille sfeer te doorbreken. 'We gaan het nu alleen nog over gezellige dingen hebben.'

'O, in dat geval wil ik nog wel iets leuks melden,' zegt Eva jolig.

'Vertel op!' Ik schenk de wijnglazen nogmaals goed vol in afwachting van Eva's verhaal.

'Ook een spannende onenightstand gehad,' lacht Iris.

'Nee, nog veel beter. Elke avond seks.'

'Je bent zeker weer van plan om af te vallen,' plaag ik.

'Nee, ik ga weer samenwonen met Stijn.'

'Heeft hij iedere avond seks of heb jij dat ook?' vraagt Sanne, maar ze kijkt van schrik op en slaat haar hand voor haar mond. 'Pardon! Dit bedoelde ik niet zo.'

'Ik weet nu wel hoe jullie over Stijn denken, maar... Misschien kunnen jullie toch iets positiever zijn. Ik ben echt weer dolgelukkig met hem.'

'Ik ben blij voor je,' zeg ik en dat meen ik oprecht. Als Eva maar gelukkig is. En als Stijn haar toch ongelukkig maakt, dan draai ik zijn nek om. Dan weet ik zeker dat hij een volgende keer niet meer bij haar terugkomt. Ik grinnik om mijn eigen gedachte, maar houd het voor mezelf. Hardop uitspreken lijkt me geen goed plan. Dat kan Eva vast niet waarderen.

Ik trek een zak Doritos open en gooi hem in een plastic bak die ik laatst bij Ikea kocht. De krakende chipjes verbreken de stilte.

'Ik heb ook nog wel een nieuwtje.' Iris kijkt vrolijk, haar ogen twinkelen en op haar gezicht is een lichtrode blos zichtbaar. *Totally in love.*

Sanne pakt een handje chips. 'Vertel!'

'Ik en Jeroen, we zijn een stel. Leuk, hè?' Haar stem klinkt meer dan enthousiast en haar ogen rollen als kraaltjes op en neer.

'Het is je gelukt, eindelijk,' lacht Eva.

'Klopt. Ik wist wel dat ik hem zou krijgen. Wie wil mij nou niet,' grijnst ze.

'Hé, niet zo'n hoge dunk van jezelf, hè. Maar vertel. Wanneer, waar en hoe was het?'

'Het is nog vers van de pers, sinds gisteren. We hadden een tweede date en Jeroen nodigde me bij hem thuis uit en kookte voor me.'

'Lekker, wat?'

'Oesters, en die had ik nog nooit gegeten. Jullie?'

Wij knikken alle drie hoofdschuddend. 'Zorgden ze voor het juiste effect?' vraag ik en knipoog.

Iris kijkt ons met schitterende ogen aan. 'Ik weet niet of het aan de oesters lag, maar opgewonden was ik zeker,' lacht ze. 'Hij was ook zo romantisch. We aten bij kaarslicht en hij had een idyllisch muziekje op de achtergrond aanstaan. Hij had ook een verrukkelijk dessert gemaakt. Allerlei soorten ijs in een uitgeholde sinaasappel met saus en vruchtjes.'

'Lekker. Klinkt goed die Jeroen, een echte romanticus.'

'Het werd allemaal nog romantischer toen ik op zijn

slaapkamer kwam. Hij had brandende waxinelichtjes in de vorm van een hartje neergezet en op het satijnen dekbedovertrek stond een dienblad met champagne, twee glazen én verse aardbeien. Het rook er ook zalig, een lekkere rozengeur.'

'Doe mij ook zo'n vent,' roept Sanne enthousiast. 'Je beschrijft precies mijn droomman. Lief, aantrekkelijk, romantisch en opwindend. Én fysiotherapeut, ideaal voor massages! O, en hij kookt. Ook niet onbelangrijk, want dat kan ik dus echt niet.'

'Helaas, hij is al bezet,' plaagt Iris.

'Misschien moeten jullie mij maar helpen. Ik zoek altijd de verkeerde mannen uit.' Op Sannes gezicht verschijnt een serieuze blik. Ik heb medelijden met haar. Ze heeft gelijk. Haar eerste vriendje bedroog haar, de tweede bleek in drugs te handelen, de derde had losse handjes en de laatste overtrof alles door een ander meisje te bezwangeren.

'Jouw ware komt nog, zeker weten,' bemoedig ik. 'Wil iemand nog een wijntje?'

'Nee, ik niet,' antwoordt Eva. 'Morgen weer vroeg op.'

'Ik ook, ik zou het helemaal vergeten.'

Ook de anderen slaan het wijntje af.

'Leuk dat jullie geweest zijn.'

'Tot gauw. Trusten,' roepen de meiden terug en ik zwaai hen uit.

Ik ruim de glazen en de lege chipsschaal op. Weg met die rommel, mijn kamer is nu nog zo mooi netjes en schoon. Dat wil ik graag zo houden. Ik vraag me af hoelang dat gaat lukken, want ik ben een sloddervos eerste klas. Vanmiddag nog vond ik op mijn kamer een paar stiletto's onder een berg met kleren, tijdschriften en andere troep. Ik was ze al minstens een paar maanden kwijt.

Mijn kamer is weer opgeruimd en ik besluit dat het tijd is voor een douche. Daarna duik ik lekker schoon mijn bed in. Bed! Dat is waar ook. Ik moet pap nog steeds bellen. Ik toets blindelings zijn nummer in en hoor de telefoon overgaan. Na een aantal keer krijg ik de voicemail.

'Dag pap, met Mandy. Alles goed? Ik moet binnenkort maar weer eens langskomen, maar daar bel ik niet voor… Ik heb een vraagje aan je. Kun jij bij de Ikea mijn bed ophalen? Je wist wel dat ik op kamers ging toch? Afijn, nu heb ik een bed besteld en dat is binnenkort binnen. Bel je me terug op mijn 06? Welterusten. Kus.'

10

Mijn mobieltje gaat over, net nu ik een paar minuten geleden met de afwas begonnen ben. Ik maak mijn handen
weer droog en vis het toestel uit mijn broekzak. Mam.
Ineens voel ik me vreselijk schuldig. Het is al weken geleden dat ik bij haar was. Het zou zomaar een maand kunnen
zijn. Ik heb helemaal niet veel meer aan haar gedacht, zo
druk had ik het met van alles en nog wat. Wat stom van
me. Pap heb ik wel gezien, veel vaker dan anders zelfs. Hij
heeft – net als mijn vriendinnen – heel lief geholpen met
behangen. Daarna heeft hij mijn bed opgehaald en in
elkaar gezet. Daar was ik erg blij mee, zo'n luchtbed ligt
lekker voor een paar dagen, maar een echt bed met een
goed matras ligt vele malen beter. Ik ben helemaal geset-
teld hier en voel me er ook echt thuis.

Een tikkeltje zenuwachtig neem ik de telefoon op. 'Ha
mam!'

'Hoi lieverd, alles goed?'

Ik schraap mijn keel. 'Ik vind het vervelend dat ik al zo
lang niet meer langsgeweest ben,' zeg ik en bedenk me dat
ik haar op zijn minst had kunnen bellen.'Of gebeld heb,'
voeg ik eraan toe.

'Geeft niet, je hebt het zeker naar je zin daar.'

Gelukkig, ze is niet boos.

'Ik kom echt snel bij je langs,' beloof ik haar plechtig.

'Nou, daar bel ik eigenlijk voor. Heb je aankomend weekend iets te doen?'

Ik denk na. Ik had me net zo verheugd op een paar avondjes niets. Ik kan natuurlijk zeggen... Nee, dat kan niet. Ik heb ook wel zin om mijn moeder weer een keer te zien. We hebben vast heel veel te bespreken. Ik weet nog steeds niet wie die nieuwe lover van haar is en al mijn verhalen over het studentenhuis kent zij ook nog niet. 'Nee, ik ben vrij.'

'Mooi. Ik heb namelijk een verrassing voor je.'

Mijn oren zijn meteen gespitst. Verrassingen, daar ben ik dol op. 'Vertel op, je maakt me nieuwsgierig.'

'We gaan een weekendje weg, maar meer zeg ik niet, anders is het geen verrassing meer.'

'Hè mam, toe nou,' dring ik aan, maar ze heeft ongetwijfeld nu haar lippen stijf op elkaar, want ze zegt niets.

'Nee, een verrassing is een verrassing. Kan ik op je rekenen? Een weekendje weg kun je vast gebruiken. Wat afleiding en niet aan Nick denken.'

Nick. O, Nick. Waarom begint ze daar nu over? Ik was net blij dat ik hem een paar minuten vergeten was. Hij heeft al een maand niets van zich laten horen. Ik mis hem met de dag meer, maar ik wil het niet. Het mag ook niet. Zo'n eikel moet je niet missen.

Ik slik. 'Natuurlijk. Wanneer gaan we?'

'Vrijdagmiddag om drie uur. Gaat dat lukken?'

'Ja, hoor!' Ik heb dan eigenlijk nog les op school, maar daar heb ik toch al geen zin in. Een weekendje weg met mijn moeder – die ik de afgelopen maand enigszins verwaarloosd heb – is belangrijker en leuker.

'Oké. Dan kom ik je om drie uur ophalen. Zorg je ervoor

dat je met koffer en al klaarstaat?'

'Doe ik.'

'Op tijd, hè?' zegt mijn moeder streng.

'Jaaahaaa,' zeg ik kriebelig, maar ik weet dat ze gelijk heeft. Ik ben ook altijd te laat en dat is vreselijk irritant.

'Tot dan. Het wordt vast hartstikke gezellig. Ik verheug me erop.'

Ik ben benieuwd waar we heen gaan. Parijs, dat lijkt me echt gaaf. In mijn gedachten slenter ik al over de Champs-Elysées, genieten we 's avonds onder het genot van een wijntje van de verlichte stad en bezoeken we de Eiffeltoren. Of nog leuker: we gaan naar Las Vegas, wow, dat zou helemaal te gek zijn. Ik wil het casino daar wel onveilig maken. Ik knip met mijn vingers. Mandy, wakker worden! Denk je dat jouw moeder gek is? Dat ze het geld op haar rug heeft groeien. Ontwaak uit je dromen. Je mag al blij zijn met een weekend naar een kuuroord. En daar ben ik ook heel blij mee als dat zo zou zijn, spreek ik mezelf toe.

*

Ik controleer nog eenmaal mijn koffer voordat mijn moeder op de stoep staat. Drie paar bikini's, vijf T-shirts, vier topjes, drie vestjes, twee spijkerbroeken, een zwarte broek, vier paar schoenen, mijn Betty Boop-pyjama, ondergoed, sokken, handdoeken en twee toilettassen vol met make-up, verzorgingsmiddelen en haarstylingproducten. Volgens mij heb ik alles. Opgedost sta ik voor de spiegel. De wallen die ik de afgelopen tijd had, zijn verdwenen, en in plaats daarvan heb ik een gezonde rode blos op mijn gezicht gekregen. Ik kijk weer fris uit mijn ogen en ook mijn huid ziet er stukken beter uit. Alle stresspukkeltjes zijn verdwenen. Ik ben weer net zo aantrekkelijk als voorheen, laat de mannen maar komen! Ik staar uit het raam. Er komt een rode auto aanrijden, daar zul je mam hebben. Ik pak mijn sleutels en mobieltje van mijn bureau en sleur de koffer achter me aan de trap af.

'Hey, lieverd,' roept ze enthousiast.

'Ik ben weg,' roep ik naar Simone, die haast naar de deur komt gevlogen om me een fijn weekend te wensen. Vriendelijk begroet ze mijn moeder en wenst ook haar een goed weekend. Daar gaan we dan. Op weg naar...

'Nu kun je me wel vertellen waar we heen gaan, toch?'

'Nee, je ziet het vanzelf wel,' plaagt mijn moeder en steekt haar tong uit. Ze weet dat ik een nieuwsgierig aagje ben.

'Toe...' smeek ik.

'Niets daarvan, je hebt maar geduld.' Ze stelt de tomtom in en ik buig me naar haar toe om te zien welke eindbestemming ze invoert, maar ze heeft het door en houdt het apparaat precies zo dat ik het niet kan zien.

Een uur later arriveren we op de plaats van bestemming. Helaas, geen Parijs of Las Vegas. Ik open het portier, stap uit en kijk tegen een romantisch kasteel aan. Wat moet ik hier nu weer? Is dit een of andere rustplek?

'Is dit de verrassing,' zeg ik min of meer verontwaardigd.

'Wacht maar tot je binnenkomt. Ik weet zeker dat je het helemaal het einde zult vinden.' Mijn moeder tilt de bagage uit de auto en duwt een van de koffers in mijn handen. 'Hup, lopen. We kunnen ze niet laten wachten.'

'We kunnen wie niet laten wachten?'

'Dat zie je zo,' zegt mijn moeder kalmpjes. Hoe doet ze dat toch, geheimen bewaren? Ik kan het niet. Ik kon het vroeger al niet.

We lopen richting het kasteel. Het ziet er heel romantisch uit, dat kan ik niet ontkennen. Om het kasteel heen ligt een schitterend groen gazon, er is geen onkruidje te zien. Perfect getrimde buxushagen omzomen het gras en bij de ingang van het kasteel is een border die nu al kleurrijk en verzorgd is, ook al is het pas maart. Nog even en het voorjaar komt er weer aan, wedden dat er dan honderden tulpen en narcissen opkomen.

We komen binnen door deuren die zo hoog zijn dat ik er nog door zou kunnen als ik boven op een paard zit. In de hal hangt een prachtige kroonluchter en langs de muren staan houten meubels. Stoelen, en een dekenkist. Ze zien er oud, maar toch ook chic en klassiek uit. Mijn moeder fluistert met de receptioniste, die ons naar het restaurant wijst. Ah, we gaan uit eten. Nu begrijp ik het. Het kuuroord zit in dit kasteel. Het wordt al beter, ik heb best zin in een lekker hapje.

Ik kijk naar de tafel waar mijn moeder heen loopt. Daar zitten al mensen. Twee jongens en een man van mijn moeders leeftijd. En een van die jongens, dat is Nick! Even overweeg ik weg te lopen, wat een rotstreek van mijn moeder. Zo te proberen om ons weer bij elkaar te brengen, hoe durft ze! Er welt iets heets in mij op, mijn keel is dichtgeknepen en zelfs slikken lukt niet meer. Voor ik heb besloten wat ik moet doen, zijn we al bij de tafel.

'Eindelijk kan ik je dan voorstellen aan mijn nieuwe vriend,' zegt mijn moeder.

Nu weet ik het helemaal niet meer.

'Nieuwe vriend?' herhaal ik.

'Ja. Dit is Rob.' Ze kijkt met een lieve lach naar de man die aan de tafel zit.

'Hallo,' zegt Rob vriendelijk en steekt zijn hand uit.

'Ik ben Mandy,' zeg ik ontzet, en meer woorden krijg ik mijn strot niet uit.

'En dit zijn mijn twee zoons, Nick en Johan.' Rob knikt naar ze.

'Wij kennen elkaar al, toch Mandy,' grinnikt Johan plagerig naar me. Nick geeft hem zo onopvallend mogelijk een elleboogstoot.

'Ik geloof van wel.' Ik moet er wel heel stom uitzien, met mijn mond halfopen. Mijn handen frunniken aan mijn rok, stom, alsof ik een klein kind ben, maar ik weet niet waar ik ze anders moet laten.

'Waarvan dan?' vraagt mijn moeder verbluft.

Ik weet niet meer waar ik kijken moet. Ik vorm geluidloos de woorden: houd je kop, Johan. Nick schiet mij te hulp. 'Mandy en ik hebben een relatie gehad,' brengt hij hakkelend uit en hij begint te blozen.

Op het gezicht van mijn moeder zie ik dat het haar duidelijk wordt. Er gaat een lichtje branden. 'O, wat dom! O, wat stom van me, en dan noem ik het ook nog een verrassing. Je moet me geloven, toen Rob vertelde dat zijn zoon Nick heet, heb ik nooit gedacht aan jouw Nick.'

'Ja, geeft niet, weet ik, geen idee,' stamel ik. Hè, ik kan niet eens meer normaal praten. Ik wil hier weg. Hoe kom ik hier zo snel mogelijk weg? Is er in dit Disney-achtige kasteel niet ergens een wonderlamp? Of een vliegend tapijt. Of gewoon een groot gat, ook goed. Als ik maar verdwijnen kan.

'Ik heb jou ook nooit bij ons thuis gezien,' zegt Nicks vader.

'Ze zorgden er wel voor dat je niet thuis was, dan konden ze ongestoord hun gang gaan,' buldert Johan van het lachen.

Ik wil hem naar de keel vliegen, maar bedenk me nog net op tijd dat dit niets uithaalt. Ik moet rustig blijven. Rustig, Mandy! Denk na. Bedenk wat, verzin een smoesje, kan het schelen, als je hier maar weg kunt. Naar huis, weg van dit stomme kasteel.

'Bedankt dat ik het nu weet, mam. Kan ik nu gaan? Wat moet ik nog doen in dit stomme kasteel?'

Mooi niet dat ik hem makkelijk kan aftaaien. Mijn moeder trekt haar strengste gezicht.

'Geen sprake van. We blijven hier. Je kunt het uitpraten met Nick, en anders zorgen jullie maar dat je een manier vindt om met elkaar om te gaan. Bovendien, je beledigt Rob. Dit is zijn kasteel en het is prachtig.'

Goedmaken met Nick? Is mam gestoord of zo? En sinds wanneer heeft Nicks vader een kasteel. Daar heeft Nick mij nooit iets over verteld.

'Het spijt me. Ik meende het niet van dat kasteel, maar ik wil gewoon naar huis.'

'Kom op. Ik wil dat je Rob leert kennen. Blijf dit weekend gewoon hier, het wordt vast gezellig,' zegt mijn moeder geagiteerd.

'Net zo gezellig als toen op de bank,' ginnegapt Johan.

Aargh! Ik kan dat jong wel wurgen, maar ik besluit hem gewoon te negeren. Het zou niks uithalen om boos op hem te worden, het is maar een ettertje.

'Wat gaan we dan doen?'

'Zo meteen lekker eten, morgen winkelen we samen in Maastricht en zondag maken we een wandeling door deze prachtige omgeving. Toe, blijf,' zegt mijn moeder.

'Ik zou het ook leuk vinden als je bleef,' zegt Rob. 'Ik begrijp dat het lastig ligt, maar het zou veel voor mij, voor ons, betekenen als je erbij bent dit weekend.'

Rob heeft mijn moeders hand gepakt en ze kijken verliefd naar elkaar. Mams ogen twinkelen. Ik heb haar in geen tijden meer zo gelukkig gezien.

Hoe doe ik dat? Met mijn ex aan dezelfde tafel eten en het dan ook nog proberen lekker te vinden. Winkelen met mijn ex erbij, gezellig. Hij is al zo dol op winkelen – not! En dan die natuurwandeling nog. Tja, wat moet ik daarover zeggen. Misschien kan Nick in een of ander bos achterblijven tussen alle andere eikels. Of nog beter, laat hem zijn enkel verzwikken in een kuil en dan zelf maar zien hoe hij naar huis komt. Dat zal hem leren.

'Leuk,' zeg ik kortaf.

Rob wenkt een van zijn personeelsleden. 'Laten we gaan eten.'

Ik kan er nog niet over uit dat deze man met mijn moeder is. Hij heeft het goed voor elkaar. Een eigen kasteel, met restaurant, bedden en personeel.

Ik kijk op mijn horloge. Halfzes pas. Mijn hemel, als de rest van de uren ook zo voorbij kruipen, sta ik niet voor mezelf in. Kan ik niet opeens buikgriep krijgen? Of hoofdpijn, ik kan doen alsof ik vreselijke hoofdpijn krijg. Dan kan ik tenminste op bed liggen en hoef ik niet naar die rotkop van Nick te kijken. Mijn keel is nog steeds dichtgeknepen. Ik doe mijn ogen dicht en probeer moeilijk te kijken. Hè, waarom krijg ik nou nooit hoofdpijn als ik het nodig heb?

'Gaat het, Mandy?' hoor ik Nick vragen.

'Best,' snauw ik.

Er valt een stilte aan tafel, maar dan staat de ober met de menukaarten aan tafel en deelt ze uit.

'Ik kan de escargots aanbevelen,' zegt Rob.

Gadver. Slakken. Ik staar naar de menukaart, maar de letters lijken met de minuut vager te worden. Ik moet, ik moet, ik moet een smoes bedenken. Het gas laten branden, lekkage, brand of weet ik veel. Iets, ik moet iets verzinnen. Ik verberg mijn gezicht achter de menukaart.

'Biefstuk van de haas met pepersaus,' zeg ik tegen de ober, die inmiddels weer bij onze tafel staat.

*

Eindelijk kan ik van tafel. Met moeite heb ik mijn biefstuk opgegeten. Elke keer als ik opkeek, zag ik Nick. Mijn moeder en zijn vader probeerden ons steeds aan het praten te krijgen, maar wij antwoordden beleefd en bleven daarna stil.

'Wij maken nog een avondwandeling, gaan jullie mee?' vraagt mijn moeder.

Wie denkt ze dat ze is? Een romantische avondwandeling met mijn ex zeker. Eh, nee bedankt! 'Nee, ik ben moe,' lieg ik. 'Ik ga slapen. Welke kamer is van mij?'

'Kamer nummer vijf. Je kunt bij de receptie de sleutel vragen,' zegt Rob.

'Doe ik. Dank je wel en tot morgenvroeg.'

'We ontbijten om tien uur. Daarna gaan we naar de stad.'

'Prima,' zeg ik kortaf en been snel naar de receptie. Gelukkig houdt niemand me dit keer tegen.

Ik kom op mijn kamer aan. Mooi is hij wel. Ik heb een reuzegroot bed en een aparte badkamer met een douche en een bad. Heerlijk. Ik laat me neerploffen op het bed en haal mijn telefoon uit mijn broekzak. Ik moet een van mijn vriendinnen bellen. Sanne, ja ik bel Sanne.

'Met Mandy.'

'Ha, hoe is het? Wat leuk dat je belt.'

'Zo leuk is het anders niet. Ik moet wat kwijt, daarom bel ik je. Stoor ik?'

'Vriendinnen storen nooit. Vertel op, *what's wrong*?'

Ik vertel over mijn absolute rampendag van vandaag. 'Nu zit ik de rest van het weekend nog met Nick, zijn broertje en vader opgescheept.' Ik slaak een diepe zucht.

'Dat meen je niet! We moeten een oplossing verzinnen.'

'Maar wat dan?' vraag ik. 'Het stomme is, ik wil mijn moeder ook niet kwetsen. Zij is juist helemaal verliefd en zo.'

'Ja, dat snap ik. Je moet kiezen: of een heel weekend met Nick opgescheept zitten, of toch een leugen verzinnen.

Hé, zal ik morgen voor jullie gaan shoppen bellen?'

'En dan?'

'Dan zeg ik dat je moet komen omdat het studentenhuis op instorten staat.'

'Dat is niet echt een reden om naar huis te gaan, wel?'

'Nee, je hebt gelijk. Zal ik dan zeggen dat ik in het ziekenhuis lig met een of andere onbekende infectie.'

'Dat is een goede smoes, maar kunnen we dat wel maken? Ik bedoel, zoiets mag je eigenlijk niet verzinnen.'

'Natuurlijk,' antwoordt Sanne. 'Alles beter dan met Nick in een kasteel te moeten blijven zitten. Dat overtreft elke leugen.'

De woorden 'alles beter dan met Nick in een kasteel te moeten blijven zitten' herhalen zich in mijn hoofd. Kan mij het ook schelen, smoes of geen smoes, ik moet hier weg! Langzaam laat ik de kledingstukken van mijn lijf glijden en gooi ze over de rand van het bed. Een lekker bad, dat heb ik echt nodig. Ik zet de kraan zo warm mogelijk. Als het bad halfvol is voel ik met mijn tenen of het water een behaaglijke temperatuur heeft, en stap in bad. Hoe komt ze erbij, mijn moeder, een avondwandeling. Die is gek. Ik ga niet kijken hoe ze samen klef onder een donkere hemel met fonkelende sterren wandelen terwijl mijn ex naast me loopt.

Aan het einde van het bad ligt op de rand een spierwitte spons in plastic. Ik scheur het plastic ervan af en gooi het over de badrand. De badschuimfles staat binnen handbereik en ik knijp een flinke dot van dat spul op de spons. Gedachteloos laat ik de spons langs mijn armen glijden.

Een uur later stap ik uit bad. De stress is beetje bij beetje weggeëbd. Hopelijk kan ik dan lekker slapen zo meteen. Ik pak het miniflesje bodylotion dat voor mij klaarstaat op de

184

wastafel en masseer zorgvuldig mijn benen en armen
ermee in. Dan schieten mijn gedachten weer naar morgenvroeg. Als het maar goed gaat met die smoes, want ik
wil wel écht weg morgen. Ik houd dit geen dag langer
meer uit. En wat moet Nick er wel niet van denken? Ook
hij heeft geen contact meer opgenomen, dus hij zal net zo
balen als ik. Het is voor ons allebei, nee voor iedereen,
beter als ik wegga.

Met een tijdschrift kruip ik het bed in en een tijdje lang
lig ik heerlijk te lezen. Als het tijdschrift uit is, blader ik het
nog twee keer door om te zien of ik echt alles gelezen heb.
Helaas, dit was het enige leesvoer dat ik meegenomen had.
Ik knip het zowat antieke nachtlampje uit, gelukkig zonder
dat hij uit elkaar valt, en laat mijn hoofd neerploffen op het
met dons gevulde kussen. De gebeurtenissen van vandaag
flitsen nogmaals door mijn hoofd heen.

Kom op, Mandy, probeer te gaan slapen, spreek ik
mezelf streng toe. Helaas, het lukt niet, het gepieker en de
vele geluiden houden mij uit mijn slaap. Ik luister naar het
gekraak en gepiep van de deuren, naar het gevecht tussen
twee katten buiten en de voetstappen over de gang. Zucht,
ik kan echt niet slapen zo. Na een uur piekeren besluit ik
om mijn bed uit te gaan en een stukje te wandelen in het
kasteel. Misschien ontdek ik wel spannende dingen of zie
ik spoken. Ik moet om mezelf lachen. Samen met je ex in
een kasteel, daar word je wel paranoïde van.

Ik trek mijn duster aan en loop op mijn blote voeten de
gang op. Het is donker, maar het streepje licht dat onder
sommige kamerdeuren tevoorschijn komt, geeft me precies voldoende licht om te zien waar ik loop. Hoe laat zou
het eigenlijk zijn? In de meeste kamers is het al donker.
Helemaal achter in de gang, daar brandt ook nog een
lamp. Ik besluit ernaartoe te lopen, op mijn tenen, want de
houten vloer kraakt ontzettend.

Ik kom aan bij de achterste kamer en de deur staat een klein stukje open, zodat ik naar binnen kan gluren. Kan ik dat wel maken? Straks tref ik een vrijend stelletje aan. Of een moeder die haar baby aan het voeden is. Zouden er ook baby's zijn in dit hotel? Mijn verstand wint het niet van mijn nieuwsgierigheid, dus probeer ik voetje voor voetje dichter bij de deur te komen. Zie ik dat nu goed? Zit daar een jongen voorovergebogen te snikken? Ik schuifel nog een stukje dichter naar de deur en stap precies op een plank die een enorm krakend geluid maakt. De jongen kijkt op. O, nee hè, het is Nick! Was ik maar niet zo nieuwsgierig geweest. Hoe klets ik me hier nu weer uit?

Ik sta stil en weet niet wat ik moet doen. Moet ik iets zeggen? Of kan ik beter mijn mond houden, rechtsomkeert maken en doen alsof ik er nooit geweest ben?

Nick staart me aan. De tranen spiegelen op zijn wangen en zijn ogen zijn rood. Hij heeft gehuild. Maar waarom?

'Ik, eh, eh, ik, eh, eh,' stotter ik en meer dan dat kan ik niet uitbrengen. Het is alsof de letters in mijn mond dansen en er niet meer uit willen.

'Kom binnen,' zegt Nick en drukt zijn hand tegen de rooduitziende wang aan.

Moet ik binnenkomen? Straks stort hij zijn hele hart bij me uit, maar weglopen is ook niet echt een optie nu. Mandy, dat heb je weer lekker voor elkaar! Met loodzware benen stap ik zijn kamer in, mezelf afvragend waarom ik toch per se een rondje in het kasteel wilde lopen.

'Ik heb ontzettende kiespijn,' jammert Nick.

'Dat is vervelend,' weet ik uit te brengen. Hè, is dat alles.

'Ik ben er net en nu moet ik morgen misschien wel terug naar huis om naar mijn eigen tandarts te gaan.'

'Wat een onzin, je kunt toch gewoon naar een tandarts hier in de buurt. Balen, maar het is niet anders. Ik ga maar weer eens,' hakkel ik omdat ik geen zin heb om deze discussie voort te zetten. Ik wil hier weg, weg van Nick. Op dat moment hoor ik weer voetstappen en draai me om. Nicks broertje staat achter me en kijkt me lachend aan.

'Hebben jullie het weer goedgemaakt met een partijtje seks?' grinnikt hij.

Wat een overseksft pubertje is die Johan toch.

'Waar zie je me voor aan? Je denkt toch zeker niet dat ik met mijn ex het bed in duik,' zeg ik op een ferme toon.

'Ik zie je aan voor een of ander spook dat verjaagd moet worden uit dit kasteel. Ik wil niet dat jij mijn broer ongelukkig maakt door hem te gebruiken als het jou uitkomt.'

Ik word woedend en mijn lichaamstemperatuur zou zomaar het kookpunt kunnen bereiken. Ik zwaai mijn hand omhoog om hem een klap te verkopen, maar ik kan net op tijd terugtrekken. Met grote ogen kijk ik hem aan en zeg: 'Als jij niet heel gauw je kop dichthoudt, dan zal ik jou eens in een of ander donker kamertje in het kasteel opsluiten. Kun je daar – onder het genot van een droge boterham en een glaasje water – nog eens nadenken over al je grapjes.'

'Moet dat nou, Mandy?' vraagt Nick en kijkt mij fronsend aan. 'Ik weet best dat Johan kan pesten, maar je hoeft toch niet zo uit te vallen om een of ander rotgrapje van hem. Het is nog maar een kind, ja. Een puber. Die zeggen dat soort dingen nu eenmaal. Wees volwassen.'

'Ga jij het nu ook nog voor hem opnemen? Ik ben er helemaal klaar mee. Bekijk jij het met die kiespijn van je. En volwassen? Wie is er hier nu volwassen? Wie zit er midden in de nacht op bed te huilen om kiespijn. Loser! Ga lekker bij je broertje uithuilen. Dag Nick!'

'Dag Mandy,' zegt Johan met een gemene stem.

Ik besluit om niet meer te reageren en zonder om te kijken loop ik naar mijn kamer. Ik loop niet meer zo zachtjes als op de heenweg en de planken piepen hard. Kan mij het schelen, laat iedereen maar wakker worden door mij.

Misschien mag ik dan naar huis.

Met door en door koude voeten stap ik het bed weer in. Niet dat ik slapen kan, want ik hoor dat achterbakse stemmetje van Johan nog. De wekker toont dat het al twee uur 's nachts is. Ik slaak een diepe zucht. Slapen, dat is het enige wat ik nu wil.

11

De volgende ochtend schrik ik wakker uit een diepe slaap. Ik druk op een willekeurige toets en het scherm van mijn mobiele telefoon licht op. Halftien! Is de wekker soms niet gegaan? Ik staar naar dat ding, druk op een paar knopjes en geef er geïrriteerd een knal bovenop. Ik haat wekkers als ze afgaan, maar ook als ze niet afgaan. Over een halfuur word ik picobello aan het ontbijt verwacht. Ik moet nog douchen, mijn haren föhnen, opmaken en uitzoeken wat ik vandaag aantrek.

Ik loop naar het raam en kijk naar buiten, de lucht is kraakhelder. Het ziet er niet naar uit dat het vandaag gaat regenen. Dat komt goed uit, dan kan ik mijn suède laarzen met die mooie hakjes aandoen. Nick vond het ook altijd leuk als ik die laarzen droeg. Dromerig staar ik nog steeds naar buiten. Mandy, hup douchen. Wat kan het schelen wat Nick van je laarzen vindt! Je hoeft toch geen indruk meer op hem te maken. Of wel soms?

Even later ben ik gedoucht en wel op weg naar het restaurant voor het ontbijt. De suède laarzen heb ik lekker niet aan. Mijn telefoon zit in mijn broekzak en het geluid staat op zijn allerhardst. Iedereen mag horen dat ik zo meteen gebeld word. Want dat word ik. Ik grijns, dat heb ik toch maar weer mooi geregeld met Sanne.

In de verte zie ik mijn moeder, Rob, Nick en Johan al zitten. Mam kijkt me nerveus en een beetje boos aan. Meteen werp ik een blik op mijn prachtige Guesshorloge, dat ik van pap met mijn verjaardag gekregen heb. Vijf over tien. Jemig, doe niet zo moeilijk. Ik slik de woorden nog net in.

'Goedemorgen,' mompel ik. Ik schuif een stoel van de tafel en settel me naast mijn moeder. Gelukkig hoef ik niet naast Nick te zitten. Dat overleef ik niet. Toch kan ik het niet laten naar hem te kijken. Zijn wang is nog steeds opgezwollen en de wallen onder zijn ogen tonen aan dat ook hij niet lekker geslapen heeft.

'Ik vind...' begint Nick, maar hij wordt onderbroken door de beltoon van mijn mobieltje. Iedereen is meteen stil. Vluchtig sta ik op en haal de telefoon uit mijn broekzak. Eva? Dat kan niet, Sanne moet zo bellen! Moet ik wel opnemen? Straks loopt mijn hele plan in de soep. Ik aarzel, maar als ik de geërgerde blikken van mensen om mij heen zie, besluit ik hem toch aan te nemen. Er klinkt een hoop gesnik aan de andere kant van de lijn.

'Eva?'

Het gehuil wordt nog heviger. 'Hij is weer vreemdgegaan,' hakkelt ze.

Ik wist het! Die gast is niet te vertrouwen. 'Ah, Eva,' breng ik uit.

'Ik voel me echt klote. Wat moet ik nu doen?'

Eigenlijk moet ik gewoon zeggen dat ze het zelf moet uitzoeken. Dat was immers de afspraak. Niet komen uithuilen bij mij. Maar dat is ook zo cru, en bovendien... Dit is mijn kans om hier weg te komen en ook nog zonder te liegen.

'Ik kom naar je toe!'

'Nee, dat bedoelde ik niet. Geniet maar van je weekendje weg. Ik wilde gewoon even bellen, meer niet.'

'Kan me niets schelen. Ik kom nu naar je toe. Geen gekke dingen doen.'

'Oké,' snottert ze.

'Tot straks.' Ik druk mijn mobiel uit en duw hem weer in mijn broekzak.

'Ik vind het vervelend, maar ik moet terug naar huis.'

'Wat is er aan de hand?' vraagt mijn moeder met een bezorgde blik op haar gezicht.

'Crisis,' overdrijf ik. 'Die Stijn, van Eva, heeft haar weer eens bedrogen. Ze zit er helemaal doorheen. Ik moet naar haar toe.'

'Kan een van de anderen niet gaan, Sanne, of hoe heet ze, Iris?'

'Mam toch… Het spijt me heel erg dat je weekendje hierdoor in de soep loopt, maar ik moet echt naar haar toe. Ze is mijn beste vriendin en ze zit er helemaal doorheen. Natuurlijk komen Sanne en Iris, maar ik moet er ook naartoe.'

Het gesprek wordt opnieuw onderbroken door de telefoon. Ditmaal is het Sanne.

'Je was in gesprek,' zegt ze haastig. 'Ik probeerde je steeds te bellen. Zit je nog aan het ontbijt?'

'Ja, ik ga ook zo naar Eva toe.'

'Eva?' klinkt er aan de andere kant van de lijn verbaasd.

'Ah, Stijn, je weet wel, alweer. Ik ga zo met de trein terug. Zie ik je daar?'

'Eh… Is prima.' Sanne begrijpt er niets van, dat hoor ik. Ik leg het haar straks wel uit. Eerst maken dat ik wegkom hier.

'Tot dan,' zeg ik en druk weer op de rode knop.

Ik kijk naar de verse croissantjes, het stokbrood, de

gekookte eieren en de karaf met verse jus d'orange. Mijn maag begint ervan te knorren. Zal ik eerst even eten?

Nee, dat is geen goed plan. Ik kom hier nooit meer weg als ik nu niet meteen ga. 'Heel vervelend,' zeg ik met een stalen gezicht, 'maar ik moet echt gaan.'

'Nou ja, dat komt op zich nog wel mooi uit. Dan kan Nick met je mee reizen,' zegt Rob. 'Hij heeft een ontstoken kies en moet naar de tandarts.'

'Dat hoorde ik gisteravond, en toen zei ik tegen Nick dat hij best hier in de buurt naar de tandarts kan gaan,' zeg ik.

'Nee,' zegt Nick. 'Ik ben erg gesteld op mijn eigen tandarts.'

'Dan reis je maar alleen, je doet alles toch zo graag in je eentje?' zeg ik kattig.

Rob kijkt me serieus aan. 'Ik zou het een persoonlijke gunst vinden als je mijn zoon naar zijn tandarts zou willen begeleiden.'

Ik ben stomverbaasd. Persoonlijke gunst, begeleiden? Waar heeft die vent het over.

Mijn moeder doet ook een duit in het zakje 'Toe, Mandy. Rob en ik zouden het heel fijn vinden als jij een beetje op Nick let tijdens de reis.'

Ik kijk haar kwaad aan. Snapt ze dan niet dat ik nog liever terug naar huis lóóp dan dat ik met hem in de trein stap? Snapt ze dan niet dat we een nogal vervelend verleden hebben samen en dat ik juist weg wil zodat ik niet langer bij hem hoef te zijn? Ik probeer het naar haar te seinen met wenkbrauwbewegingen, maar ze ziet het niet.

'Mijn zoon heeft veel pijnstillers op. Ik vind het niet verantwoord dat hij alleen reist. En je moeder zegt steeds dat jij zo'n verstandige meid bent.'

Mijn moeder bloost een beetje. Zij zit ook niet in een makkelijke positie nu er ineens een ruziënd stel bij blijkt te zijn. Ik doe het wel, maar alleen voor haar. 'Goed, fijn, prima', zeg ik. 'Ik ga pakken. Zie je over een uur.' Ik moet dan misschien met hem in de trein zitten, ik hoef niet met hem te ontbijten. Bekijk het! Dan maar een knorrende maag.

*

Pas als ik minstens honderd keer beloofd heb dat ik over een paar weken weer naar het kasteel kom, zit ik eindelijk in de trein op weg naar huis. Ik staar uit het raam en probeer de voorbijrazende omgeving in me op te nemen, hopend dat Nick niet begint te praten. Ik word er zenuwachtig van. Ik kijk nog steeds naar buiten en probeer Nicks ogen te ontwijken, maar dan maken we toch even oogcontact.

'Het spijt me,' zegt hij dan onverwacht.

Ik schrik ervan, want ik voel een golf van warmte door mijn lichaam trekken. Zijn donkere ogen winden mij op, maken me warm en laten mijn wangen blozen.

'Wat spijt je?' Ik kan het niet laten om het te vragen, ik moet het horen.

'Alles. Dat ik er te weinig voor je was, dat ik je in het ziekenhuis alleen achterliet en dat ik met skiën niet op je heb gelet. Ik was een egoïstische zak.'

Ik ben sprakeloos. Wat moet ik hierop zeggen? 'Het lag niet alleen aan jou. Ik stelde me ook wel heel… veeleisend op. Ik voelde me gewoon… Tja, hoe leg ik dat uit. Ik voelde me eigenlijk eenzaam. Alsof je er alleen voor me was als het jou uitkwam, terwijl ik het liefst zo veel mogelijk bij jou wilde zijn.'

'Ik was veel te veel met mezelf bezig en ik heb de afgelopen weken nagedacht over ons. En natuurlijk ook over mezelf. Ik ben gewoon een lul geweest, daar heb je niets aan, maar toch wil ik het even zeggen. Het spijt me echt,' zegt hij nog eens. Zijn ogen zijn vochtig en hij knippert er zenuwachtig mee.

Ik voel een brok in mijn keel. Ik slik, maar hij gaat niet weg. 'Ja, goed, dank je,' stamel ik.

'Geen dank. Het is het minste wat ik kan doen. Ik hoop echt dat je heel gelukkig wordt met wie dan ook.'

Met jou! Sukkel, ik wil jou! 'Ik mis je,' weet ik hakkelend uit te brengen.

'Ik jou ook.' Hij poetst een traan weg. Nick huilt! Nick huilt zelden. Wow, hij meent het echt. Ik sta op en ga dicht naast hem zitten. Zijn benen liggen warm en stevig tegen de mijne aan. Het voelt vertrouwd om zijn lichaam tegen me aan te voelen, zijn geur in te ademen. Onze ogen ontmoeten elkaar en dan kan ik mijn gevoelens niet meer onderdrukken. Ik duw mijn lippen tegen de zijne en er komt een vloedgolf aan emoties. Opluchting, geluk, vertrouwen, liefde en genegenheid. Ik heb hem gemist. Ontzettend gemist, meer dan ik zelf toegaf. De zoen voelt teder en intens. Zo intens, dat ik besluit bij Nick op schoot te kruipen. Ik besef pas weer dat ik in de trein zit als ik de conducteur op zijn fluitje hoor blazen en dat is maar goed ook, want seks in de trein is vast verboden. Waarom is alles wat verboden is tegelijkertijd zo spannend?

'We moeten eruit. We zijn er al.' Nicks ogen stralen, maar zijn wang lijkt met de minuut dikker te worden.

'Dat komt goed uit. Ga maar snel naar de tandarts, jij. Zie ik je straks bij mij op mijn kamer?' zeg ik terwijl we uitstappen. 'Nu ik jullie kasteel heb gezien, mag jij het mijne bewonderen.'

'O ja, dat kasteel. Dat heb ik je helemaal nooit verteld, hè? Weet je, mijn vader doet dat al zo lang, kastelen opkopen, opknappen, er een hotel in vestigen en het dan weer verkopen, ik weet niet beter.'

'Ik snap het.' Ik denk aan mijn eigen vader, die huisarts

is. Als ik iets wil weten over mijn gezondheid, hoef ik maar te kikken. Sta ik verder ook niet bij stil. 'Nu ik het weet, wil ik er nog wel een weekendje naartoe. Samen met jou.'

'Vooruit dan maar,' glimlacht hij. 'Dan maak ik het heel romantisch. Je krijgt een vers ontbijtje buiten in de kasteeltuin op een groot en zacht fluwelen kleed. Maar dan niet zomaar een ontbijt, nee, een super-de-luxe ontbijt. Versgebakken croissantjes, crackers met jam, stokbrood met zalm, een beschuitje met aardbeien, druiven en champagne. 's Avonds tijdens het diner bij kaarslicht laat ik de lekkerste ossenhaas van heel Nederland serveren en als dessert krijg je dan de grootste dame blanche die er bestaat, met extra veel slagroom. En ik regel bij pa dat we de bruidssuite krijgen. Dan hebben we een eigen bubbelbad en een heerlijk bed met van die donzen kussens en satijnen lakens,' glundert hij.

'Met roomservice?'

'Uiteraard. En iemand die ons bad vol laat lopen, iemand die het bed verschoont, iemand die ons naar de stad rijdt om lekker te shoppen en iemand die jouw teennagels lakt,' lacht Nick.

'Klinkt niet verkeerd. In dat geval wil ik wel een week of twee blijven.'

'Als jij dat wilt, dan doen we dat.'

Ik omhels Nick en geef hem een zoen op zijn wang.

Hij geeft me voorzichtig een zoen terug: 'Ik ben weg. Ik hoop dat alles goed gaat bij de tandarts en ik zo meteen van deze pijn af ben. Het begint steeds meer zeer te doen. Het steekt en het klopt aan alle kanten.'

'Komt vast goed. Je eigen vertrouwde tandarts, weet je nog? Sterkte en tot straks.'

12

Met mijn weekendkoffer nog achter me aan loop ik naar het huis van Stijn en Eva. Ik hoop dat ze daar nog is, maar voordat ik ook maar de kans krijg om op de bel te drukken, wordt de deur al opengemaakt. Eva staat met een rood en betraand gezicht voor me. Ik laat het handvat van de koffer uit mijn handen glijden en omhels haar. Haar lijf schokt heen en weer van het gesnik. Ik krijg er zelf vochtige ogen van, zo naar is het om Eva verdrietig te zien. We lopen samen naar binnen en ik kijk vluchtig om me heen. Het lijkt erop dat ze alleen is.

'Wil je erover praten?' vraag ik en aai met mijn hand troostend over haar rug.

Ze knikt, maar als ze probeert te praten, hapt ze alleen lucht. Er komt wat gepiep uit, maar woorden kan ik er niet van maken. Ik sta op en loop naar de keuken om water te halen. Met een glas water kom ik terug, Eva zit nog steeds in elkaar gedoken op de bank. Zo klein, zo verdrietig. Wat een lul, die Stijn. Als ik hem tegenkom, is hij de mijne. Ik breek allebei zijn armen én benen. Of beter nog, ik trap hem in zijn kruis met mijn puntlaarzen. Zo hard, dat hij er een week niets meer mee kan. Dat zal afkicken zijn voor hem. 'Neem een slokje water,' zeg ik bemoederend en veeg met mijn hand een paar tranen van haar wang.

De bel gaat. Eva kijkt geschrokken op.

'Stijn?' vraagt ze.

'Nee, dat kan niet. Hij heeft de sleutel en belt dus ook niet aan,' zeg ik geruststellend. Ik loop naar de deur. Daar staan Sanne en Iris.

'Met wie heeft hij het nu weer gedaan?' vragen ze meteen.

'Je zou hem toch zo een knal verkopen,' zegt Iris, 'wat een klootzak.'

'Fijn dat jullie gekomen zijn, ze is helemaal over haar toeren.' Met zijn drieën lopen we weer naar de huiskamer. Eva staart nog steeds wazig voor haar uit, alsof ze onder hypnose is.

'Ik geloofde hem,' brengt ze na enige minuten zwijgen uit.

Sanne, Iris en ik kijken elkaar aan.

'Ik weet het, lieverd. Je deed het niet expres, je was gewoon heel erg verliefd op hem. Maar eens moet het afgelopen zijn. Je wordt doodongelukkig zo,' zegt Sanne.

Eva knikt en zwijgt. 'Kap met die jongen. Echt, ik meen het. Je kunt een veel betere lover krijgen. Iemand die echt om je geeft, iemand die je kunt vertrouwen.'

'Ik weet het, maar ik houd van hem.'

'Hield van hem. Je houdt van verliefd zijn. Van het gevoel dat hij je geeft, en als je niet bij hem bent, mis je dat. Maar mis je hem echt? Of mis je dan de liefde?'

'Ik weet het niet. Ik was zo blij dat ik weer met hem samenwoonde en het leek zo goed te gaan. Ik was verliefder dan ooit,' snikt ze.

Ons gesprek wordt abrupt onderbroken door het harde dichtslaan van de huiskamerdeur. Stijn komt de kamer binnengestormd en kijkt verbaasd naar ons vieren. 'Wat is

197

hier aan de hand?' vraagt hij op een toon alsof hij wel even de baas is.

Ik kan me niet meer inhouden. Het is genoeg geweest. Wat denkt hij wel! Keer op keer kwetst hij Eva en telkens wint hij haar weer voor zich. 'Het is afgelopen, Stijn,' zeg ik streng. 'Als wij Eva weer helemaal hebben opgebouwd, kom jij langs en sloop je haar voor de zoveelste keer. Zal ik je wat vertellen? We zijn het zat. Misschien pikt Eva die onzin, maar wij niet.'

Iris springt me bij: 'Dus laat Eva met rust. Een fatsoenlijke relatie kun je toch niet aan. Je kunt niet zonder die bimbo's van je.'

Stijn loopt rood aan en zijn ogen puilen bijna uit. Nog even en hij gaat ontploffen van woede. Hij loopt naar de glazen salontafel en geeft er een enorme trap tegenaan. Het ding klettert om en valt in duizenden stukjes kapot op de plavuizen. Stijn geeft nogmaals een flinke schop, dit keer tegen de enorme berg met glas. De scherven vliegen in het rond en belanden door het hele huis heen. Blijkbaar is het nog niet genoeg, want hij loopt naar de muur en trekt het canvasdoek met kleurige bloemen in één ruk van de muur af. Met een nog hardere smak gooit hij het op de grond en stampt erop tot er niets meer van het doek over is.

'Lekker slim, om je eigen spullen aan flarden te trappen,' glimlach ik. 'Ga vooral door,' voeg ik eraan toe.

Dat had ik niet moeten zeggen, want Stijn wordt nog woester en pakt een keukenstoel op. Hij heft het ding de lucht in en even krijg ik het benauwd. Zijn ogen zijn op mij gericht en zelfs vanaf een afstand zie ik de gesprongen aders in zijn ogen. Hij loopt naar me toe en ik ruik een zurige lichaamsgeur, alsof hij te lang niet gedoucht heeft of zo. Ik wil mijn ogen al dichtknijpen, maar... dan komt er een meisje de huiskamer binnen.

'Lieverd? Wat is er aan de hand? Ik hoorde de herrie al toen ik op de hoek van de straat was. Wat ben je aan het doen?'

Het meisje kijkt de kamer in, vervolgens naar ons en dan nog eens naar de in stukken geslagen tafel. Haar mond zakt open. 'Wie zijn dat allemaal?' vraagt ze.

'Kom mee, met die mensen wil je niets te maken hebben.' Stijn grijpt het meisje bij haar arm, maar ze rukt zich los.

'De prachtige tafel is helemaal stuk, wie heeft dat gedaan? Die meiden soms?' Ze wijst naar ons.

Eva stapt naar voren. 'Ben jij de laatste en de nieuwste? Weet je wat, je mag hem hebben! Hoe vind je dat? Je mag hem helemaal hebben, elke bedrieglijke, liegende millimeter van hem.' Eva richt haar ogen op Stijn. 'En jij, als ik jou nog één keer in mijn leven zie, is dat nog een keer te vaak.'

Tot mijn stomme verbazing spuugt Eva voor Stijns voeten op de grond.

Ik leg mijn arm om haar schouders. 'Kom op meid, we moeten gaan.'

Net als ik denk dat ze rustig met me mee gaat, trekt Stijn zijn grote mond open. 'Als je maar niet denkt dat ik je nodig heb. Voor jou tien anderen. Geen hand vol, maar een land vol,' grijnst hij.

Eva rukt zich los en vliegt op Stijn af voordat ik haar kan tegenhouden. Ze geeft hem een enorme knal, midden in zijn gezicht!

'Hé,' roept het vreemde meisje, en ze wil tussen Eva en Stijn gaan staan. Gelukkig trekt Iris haar weg.

'Hier zijn je stomme sleutels, ik ga nu pakken en dan zie je me nooit meer terug, heb je dat goed begrepen?'

Eva propt de sleutels hardhandig in zijn broekzak.

Het meisje kijkt Stijn nu ook woedend aan. 'Wát zegt ze nu? Woont dat grietje hier?'

'Ik ben geen grietje,' brult Eva, die al in slaapkamer staat. Er klinkt een hoop kabaal en ik loop ook naar boven.

'Wat doe jij nou?' roep ik. De complete inhoud van de kledingkast ligt op de vloer.

'Ik ga uitzoeken wat van wie is,' roept Eva.

'Nou?' vraagt het meisje, 'woont dat kind hier?'

'Ben ook geen kind,' brult Eva, en weer trekt ze een plank leeg. Wat een troep.

'Nou, wat denk je zelf,' zegt Iris, 'maar maak je geen zorgen, over een halfuurtje is ze weg. Kom Sanne, we gaan naar boven. Als we helpen is het zo klaar.'

'Maak geen haast voor mij, ik ben ook weg,' zegt het meisje. Ze tikt Stijn op zijn wang en draait zich dan op haar hakken om. 'Ik zoek wel een normale vriend,' zegt ze terwijl ze de deur uit loopt.

'Eentje die geen vriendin heeft, goed onthouden, heel belangrijk,' roept Sanne haar na.

Stijn kijkt ons woedend aan. 'Over een uur ben ik terug. Als jullie hier dan nog zijn, dan... dan...'

'Ja,' vraagt Sanne quasinieuwsgierig.

'Als die vriendin van jou ook maar een ding meeneemt dat niet van haar is, dan weet ik jullie te vinden.'

'Maak je geen zorgen, ze wil niets hebben wat van jou is.'

Hij geeft Sanne en Iris nog een vuile blik en dan is hij weg.

'Esmée,' hoor ik hem zelfs terwijl ik boven ben roepen.

Sanne grinnikt. 'Die Esmée is hij ook kwijt.'

'En terecht,' roep ik van boven. 'Komen jullie helpen?'

Iris en Sanne rennen de trap op.

Eva zit nog steeds op de grond, omringd door alle kledingstukken. Ik streel over haar rug. Ze snakt naar adem en ik voel haar rug op en neer schokken.

'Ik wil geen minuut langer in zijn huis blijven,' zegt Eva.

'Je kunt totdat je iets anders hebt wel bij mij slapen. Of

ga je liever terug naar je ouders?' vraag ik.

'Nee, liever niet. Die zien me aankomen. Dat is alweer de zoveelste keer dat ik bij ze aanklop.'

'Dan kom je gewoon bij mij logeren. We vinden wel iets anders voor je.'

Zonder iets te zeggen, staat Eva op en mikt haar kleren zonder ze te vouwen in tassen, sjeest door het huis heen en in de badkamer klinkt een hoop gerammel. Er klettert een of ander flesje kapot. Snel lopen we naar de badkamer.

'Wat een stank,' roept Iris uit.

'Aftershave van Stijn.' Eva kijkt er beteuterd naar. 'Het ging heus per ongeluk.'

'Jaja,' zegt Sanne. Ze pakt een ander flesje van de plank en laat het uit haar handen glippen. 'O, kijk nou, ben ik ook al zo onhandig,' zegt ze overdreven.

De stank is nu niet meer te harden.

Wij giechelen en Eva lacht terug. Ik ben blij dat ze weer een beetje kan lachen. Dan schieten mijn gedachten ineens naar Nick. O jee, ik heb het mijn vriendinnen nog niet verteld. Kan ik dat wel doen nu? Moet ik gaan vertellen dat ik zo gelukkig ben, nu Eva het tegenovergestelde is? Ik kan het ook niet níét zeggen, want hij komt straks naar mijn kamer en dan is Eef er ook.

'Ik moet geloof ik nog iets vertellen. Het is niet het perfecte moment, maar Eva, ik wil dat je het weet voordat je bij mij komt logeren.'

'Wat is er?' Drie paar ogen prikken in mijn lichaam.

'Ik... Ik... Ik vind het heel lullig. Net nu jij je vriendje kwijt bent. Maar ik ga het je toch vertellen, ik moet wel... Nick en ik zijn weer bij elkaar.'

'Bij elkaar?' vraagt Sanne compleet verbluft. 'En ik moest jou nog wel bellen omdat je weg wilde uit dat kasteel.'

Eva en Iris kijken mij met vage blikken in hun ogen aan. Ik vertel over het weekend weg en de aanwezigheid van Nick en zijn broertje.

'Toen bleek dus dat mijn moeder al die tijd een relatie had met de vader van Nick.'

'Ongelofelijk! Schrok je niet vreselijk?' roept Iris.

'Wat denk jij,' knik ik.

'Wat een stom toeval,' zegt Eva. 'Hoe is het dan weer goed gekomen?'

Ik vertel over de ontstoken kies, het telefoontje van Eva en het besluit om met de trein terug te gaan. 'En in de trein bood hij zijn excuus aan. Heel mooi en helemaal uit zichzelf. Toen sloeg de vonk weer over. Of die is nooit weggeweest, eigenlijk. We gingen alleen nogal langs elkaar heen. Maar nu niet meer.'

'Wat fijn voor je,' probeert Eva op haar vrolijkst uit te brengen, maar ik hoor de trilling in haar stem. Ze kan elk moment weer gaan huilen. Snel loop ik naar haar toe, pak haar hand vast en knijp er zacht in.

'Het komt goed, meid. Echt!'

'Ik ben echt blij voor je. Het is alleen…' zegt Eva.

'Je hoeft het niet uit te leggen. Het is al goed, ik begrijp het,' zeg ik en leg mijn arm om haar schouder.

'Laten we de spullen naar Sannes auto brengen en naar mijn kamer gaan.'

De spullen liggen in de kofferbak en in de auto wachten we op Eva, die haar hand om de voordeurknop heeft geklemd. De deur staat nog op een kiertje. Ze draait zich om en ik zie de twijfel, de wanhoop op haar gezicht.

'Doe het nu maar. Smijt die deur dicht. Je moet hier niet meer terug willen komen,' roept Sanne.

Dan gooit Eva de deur dicht en met een versnelde pas loop ze naar de auto. De tranen biggelen alweer over haar wangen. Ik heb zo met haar te doen. Ze is haar vriend en haar huis kwijt. Wat een vreselijke toestand. We zwijgen de rest van de autorit en ik ben blij als ik het portier weer open kan maken.

Simone ziet ons aankomen en opent de deur. Ze aarzelt geen seconde en neemt Eva in haar armen. 'Meisje toch. Wat is er allemaal aan de hand?'

Eva vormt geluidloos woorden. Ik spring bij. 'Stijn heeft haar bedrogen. En niet voor de eerste keer. Ook niet voor de tweede of derde keer trouwens.'

'Wat een lul! Vandaag of morgen timmer ik hem helemaal in elkaar,' zegt ze en ze geeft me een dikke knipoog. Ik moet even lachen. Ik zie Simone al boven op die beer van een Stijn meppen.

'Weet je wat? We nemen een lekker wijntje,' stel ik voor.

Eva knikt en gaat aan de keukentafel zitten. Sanne en Iris brengen intussen haar spullen naar mijn kamer en sommige tassen moeten in de keuken blijven staan omdat er geen plek meer is. Eva kijkt er treurig naar.

'Ik neem al je plek in beslag.'

'Welnee joh, plaats genoeg,' zegt Simone.

Sanne en Iris komen de keuken weer binnenlopen.

'De spullen staan op jouw kamer,' zegt Sanne en knikt naar mij terwijl ze een stoel van de keukentafel schuift.

'Prima, dat is dan geregeld. Je kunt zo lang blijven als je wilt,' zeg ik en kijk Eva aan.

Iris staart met gefronste wenkbrauwen naar de kalender aan de muur. 'Wat een lamlul die Stijn, met zijn blonde chick. Ze zag er echt uit als een schatje voor erbij. Zo'n dom wicht die je alles wijs kunt maken. Ik weet zeker dat ze erin zou trappen als Stijn zou zeggen dat de sexy beha – die per toeval op de slaapkamer rondslingert – van zijn moeder is. Het meisje op de foto in de portemonnee zijn

203

zus is en de pilstrip die in de badkamer ligt, zijn medicijnen voor hooikoorts moeten voorstellen. Die strip lijkt nou eenmaal toevallig ontzettend veel op de anticonceptiepilstrip.'

Wij beginnen te lachen en zelfs Eva lacht mee. Simone kijkt ons nietszeggend aan.

'En dan ook nog met zo'n verontwaardigde kop durven vragen of wij die rotzooi gemaakt hebben,' voegt Sanne eraan toe.

'Rotzooi? Blonde chick? Is dat soms het meisje... '

'Ja, je gelooft het niet, maar terwijl wij daar waren, kwam een van zijn vele vriendinnetjes langs,' weet Eva ditmaal zonder tranen uit te brengen.

'En de rotzooi,' voeg ik eraan toe, 'heeft Stijn gemaakt in een agressieve bui.' Ik vertel over de kapotte salontafel, het canvasdoek en het dreigen met de keukenstoel.

'Het klinkt een beetje cru nu, maar Eva, wees alsjeblieft blij dat je van die vent af bent. Met zo iemand word je echt niet gelukkig.'

De tranen staan in Eva's ogen, ze zucht diep en zegt dan: 'Ik weet het, maar verdomme, waarom geef ik nog om hem?'

Simone kijkt haar medelijdend aan. 'Dat slijt, lieverd. Echt, geloof me.' Sanne, Iris en ik knikken instemmend.

Eva wrijft de tranen uit haar ogen, en daarmee ontstaan zwarte mascaravegen onder haar oogleden. 'Ik hoop dat jullie gelijk hebben. Ik wil Stijn vergeten, ik wil hem uit mijn leven, hoofd én hart verbannen. Maar hoe doe ik dat dan?'

'Teken het van je af,' grapt Simone, die ondertussen vier kopjes thee op de keukentafel zet en daarna de koektrommel tevoorschijn haalt.

Ik graai een besuikerde krakeling uit de trommel. 'Zo'n slecht idee is dat niet,' zeg ik en duw de krakeling in mijn mond. 'Waarom ga je niet schrijven, dichten, tekenen of schilderen.'

'Of je zet de muziek van Marco Borsato keihard op en je brult mee: Ik leef niet meer voor jou,' stelt Sanne voor, waarop Iris meteen begint te blèren.

Je hebt me keihard voorgelogen
Besodemieterd en bedrogen
Dus droog de tranen in je ogen
Ik leef niet meer voor jou
© Marco Borsato – Ik leef niet meer voor jou

'Het maakt niet uit wat je doet, als het maar oplucht,' zegt ze als ze uitgezongen is.

'In dat geval kan ik beter gaan boksen met een foto van Stijn op de boksbal.' Er verschijnt wederom een klein glimlachje op het gezicht van Eva. Dankbaar kijken we allemaal naar haar. Ze gaat het wel redden. Het is niet makkelijk om voor eens en altijd onder ogen te zien dat iemand beter uit je leven verdwenen kan zijn, maar ze komt er wel. Gelukkig.

Sanne drinkt het laatste slokje thee op en biest nog snel een koekje uit de trommel. 'Ik moet zo gaan, want ik heb over een halfuur dansles en ik moet mijn danskleding nog thuis ophalen en snel wat eten.'

Iris knikt. 'Ik ook.'

'Bedankt, meiden.' Eva slikt. Even denk ik dat ze weer gaat huilen, maar ze houdt zich groot.

'Geen dank. Vriendinnen zijn er voor je als je ze nodig hebt. Veel sterkte en tot binnenkort,' zegt Iris.

'We gaan gauw een keertje uitbundig shoppen, oké?' Sanne kijkt Eva vragend aan.

Eva's ogen beginnen lichtelijk te twinkelen. 'Leuk! Ik moet nog een nieuwe spijkerbroek en een zwart vest. O, en een paar zwarte laarzen, want die ik nu heb zijn zo goed als afgetrapt. Bovendien is het vast een goede afleiding.'

We knuffelen en dan gaan ze weg. Nadat ik nog even in stilte met Eva heb gezeten, stelt ze voor om een blokje te lopen. Zwijgend lopen we naast elkaar. Bij een bloemenkiosk houd ik haar tegen. 'Wacht.'

Ik ga naar binnen en zoek twee enorme bossen rozen uit, een witte en een roze. 'Hebt u daar ook kaartjes bij?' vraag ik de bloemist.

'Natuurlijk. Waar zijn ze voor?'

'De witte voor sterkte en de roze… om sorry te zeggen.'

Hij pakt de rozen in mooie folie en maakt de kaartjes er met een lintje aan vast. Buiten geef ik de witte rozen meteen aan Eva. 'Wat mooi,' fluistert ze. 'Dank je wel.' Ze kijkt naar de andere bos en ik zie aan haar dat ze de vraag niet kan laten hangen. 'Voor wie is die andere bos? Voor Nick?'

'Nee. Rozen koop je niet voor een man.'

'Voor wie dan wel? Voor Simone soms?'

'Dat is best een goed idee, maar nee. Ze zijn voor mijn lieve mam.'

*

De donkerte valt in als Nick voor de deur staat. Simone, de schat, biedt meteen aan om op haar kamer met Eva een film te kijken. Zo kunnen Nick en ik even met zijn tweetjes zijn.

'Ik vind die film toch te eng alleen,' roept Simone terwijl ze al halverwege de trap is.

Eva loopt naar me toe, pakt mijn hand vast en knijpt er even in. 'Geniet ervan dat het weer goed is tussen jullie en voel je niet bezwaard. Ik ben oprecht blij voor je.' Ze knipoogt en rent dan ook de trap op naar boven.

Snel haast ik me naar de voordeur. 'Hoe was het bij de tandarts?' vraag ik, maar eigenlijk weet ik het antwoord al. Hij is zo lang weggeweest.

'Ze hebben een wortelkanaalbehandeling moeten doen,' slist hij. 'Hoe is het nu met je vriendin?'

'Ze was totaal over de rooie. Logisch. We kwamen Stijn nog tegen en hebben hem flink de waarheid verteld. Ik hoop dat Eva nu voorgoed afscheid van hem heeft genomen,' zeg ik terwijl we de trap op lopen.

'Dat hoop ik ook. Die loser verdient niet zo'n leuke meid als Eva. Sterker nog, hij verdient geen enkele vrouw.'

'Precies! Alleen Eva logeert tijdelijk bij mij omdat ze niet voor de zoveelste keer terug wil naar haar ouders. Ze is nu op de kamer van Simone een film aan het kijken, dus we hebben mijn kamer voor ons tweeën.'

'Je vergeet iets.' Nick wijst naar zijn wang terwijl hij zich op mijn bed laat neerzakken. 'Ik geloof niet eens dat ik kan zoenen. Het gevoel in mijn tong is nog niet terug.'

'Ik denk wel dat het ooit weer terugkomt,' plaag ik. 'We kunnen ook lekker tegen elkaar aan liggen. Ik heb je zo ontzettend gemist.'

'Ik jou ook. Het was gewoon stom, alles wat er gebeurde. Ik kan nog niet geloven dat ik je zomaar in het ziekenhuis liet zitten.'

'Ik ook niet,' zeg ik en probeer het grappig te laten klinken, maar dat lukt niet helemaal.

Nick reageert meteen. 'Nou, ten eerste: je vroeg er zelf om. En ten tweede: je was wel een enorme zeur op die skibaan.'

'Ik een zeur? En jij dan, bij die sauna? Ik heb nog nooit een kerel gezien die zo preuts is,' lach ik. 'Maar je hebt gelijk, ik daagde je wel uit daar in het ziekenhuis, hè?'

'En ik reageerde daar… niet heel netjes op.'

'Dat is nog zacht uitgedrukt!'

Hij neemt mijn handen in de zijne. 'Vanaf nu doen we dat niet meer, oké? Dat moeten we afleren, ruzie maken om zulke dingen. Straks eindigen we net als Eva en Stijn, met ontzettend veel verdriet. Jij laat mij drie keer in de week sporten, en alle andere dagen in de week ben ik van jou.'

Hij heeft zo ontzettend gelijk. Terwijl ik alleen maar wilde vluchten, gaf hij niet op. Ik kan hem wel knuffelen, maar dat doe ik niet, nog niet. Ik doe net of ik diep nadenk. 'Drie keer is wel vaak.' Ik kijk hem schuin aan om zijn reactie te peilen. Bijna wordt hij weer ongeduldig.

'Kom op, zeg. Dat valt toch wel mee?'

'Grapje! Beloof je me dat je de andere vier dagen helemaal – maar dan ook echt helemaal – voor mij bent? Geen skitochtjes, geen fitness en niet hardlopen of wat je dan ook allemaal verzint?'

'Nee. We gaan uit eten, films kijken of gewoon een beetje in huis hangen, net wat je wilt. Als jij maar belooft dat ik niet mee hoef naar de sauna.'

Ik geef hem een voorzichtige kus op zijn wang.

'Dat beloof ik,' zeg ik.

'Laten we ook beloven dat we vanaf nu beter praten over wat we wel en niet willen,' zegt Nick. 'Ik wil niet eindigen zoals Stijn en Eva, met een verbroken relatie op de koop toe.'

'Soms is het beter om afscheid van elkaar te nemen,' zeg ik ernstig. 'Sommige mensen passen gewoon niet bij elkaar en forceren maakt het alleen maar erger.'

Nick fronst, hij lijkt ongerust.

O nee, hij begrijpt me verkeerd. Snel schuif ik naar hem toe. 'Dat geldt niet voor ons. Wij blijven voor altijd samen!'

Ik leg mijn hoofd tegen zijn schouder en voel hoe hij zijn arm stevig om me heen slaat. Wat heerlijk voelt dat. Ik laat hem niet meer gaan. Nu niet. Nooit!